河出文庫

ふうふう、ラーメン

おいしい文藝

牧野伊三夫　あさのあつこ ほか

河出書房新社

ふうふう、ラーメン

もくじ

ふうふう、ラーメン

中華そば

牧野伊三夫

郷里の小倉で過ごしていた頃は一家そろってラーメン好きで、よく一緒に食べに行ったものだ。贔屓《ひいき》にしていたのは「月天《げってん》」という店だった。げってんというのは大分県の方言で頑固者という意味らしい。店のカウンターのガラスケースには、作りおきされた白いにぎりめしに沢庵《たくあん》を添えた小皿が並んでいるのだが、この冷えたにぎりめしが熱々のラーメンスープによく合う。九州では、ラーメンを汁がわりにしてめしを食べる習慣があり、茶碗に熱々のごはんを盛って出す店もあるのだが、僕はだんぜん冷たいおにぎり派である。にぎりめしをほおばり、れんげなど使わずに手に箸を持ったまま小ぶりの丼を両手で持ちあげて、麺とスープをすすったときのうれしさといったらない。

家では、マルタイの棒ラーメンをよく作った。少し硬めに麺をゆでて、もやし、海苔、ゆで卵、ハム、それに青い葱をどっさりのせて食べた。インスタントラーメンをいかにおいしく食べるかということに家族一丸となって情熱を注いだ。やはり家で食べるときも冷やめしと沢庵は欠かせない。

上京後もラーメン好きは相変わらずで、ひと頃すっかりのめり込み、九州各地や広島、喜多方、佐野、札幌などへラーメンの食べ歩きの旅に出たこともあった。同じ九州のラーメンでも県によって麵もスープもちがう。そのうちに食べてまわるだけでなく、自分でも作ってみたくなった。料理雑誌を見ながら、かんすいや手動の製麵機などを買って麵を打ち、寸胴鍋でスープを作ったりスモーカーで叉焼を焼いたりもしはじめた。市場で豚の骨を分けてもらい、九州風のとんこつスープに挑戦したこともあったが、家中が豚臭くなり、とても手に負えないと早々にあきらめた。どうしてそれほどまでにラーメン作りに情熱を注いでしまったのかと思うが、なんとなくラーメンにはこの一杯で勝負だ、というような男のロマンを刺激する不思議な魅力があると思う。

東京で暮らすようになってからは、醬油味のラーメンをおいしいと思うようになった。なかでも好きなのは、黒い醬油のスープに玉ねぎのみじん切りをのせた多摩地区の中華そばで、この頃はその味を目ざして市販の麵を使い、出来るだけ手軽に作ろうと工夫している。

ラーメン作りはなにより手早さが大事で、麺が出来上がったらさっと盛りつけられるように丼を並べ、のせる具もそろえて、麺をゆでる前に万全の準備をしておかねばならない。麺が命である。

まずは、ゆで卵を作っておく。それから、大鍋に麺をゆでるために、たっぷり水をはって湯を沸かす。湯が沸くのを待つ間に、その隣でスープを作る。中鍋にサラダ油とごま油をやや多めに入れ、弱火で葱の青いところ、生姜、赤唐辛子を軽く焦げがつく程度に炒めてとり出す。香りをつけた油はねぎ油といって、中華そばらしい風味を作り出すのである。そこへ、そばだしと、少しの塩と白コショウを入れて弱火にかけておく。これでスープは出来上がりだ。スープの分量は、あとで麺を入れるのでラーメン丼の三分の二ぐらいを目安にするとよい。

次に、具材の準備にとりかかる。もやしを洗ってザルにあげ、葱を刻み、叉焼となるとを切る。玉ねぎは粗みじんに、ゆで卵は半分に切り、海苔も出しておく。大鍋に湯がたぎったら、麺の前にもやしをゆでてザルにあげておく。

さて、ここからは手早くやらなければならない。大鍋の火を強めて麺をもみほぐすようにして入れ、湯の温度が下がらないように一瞬蓋をし、煮立ったらすぐにとって、ふきこぼれないように火を少し細めて調節する。このとき極細麺ならば一分足らずであっという間にゆであがるため、蓋はしなくてよい。

さて、いよいよ麺がゆであがりそうだというところで、熱々のスープを丼に移し、ゆであがった麺をザルで掬いあげ、よく湯を切ってすべり込ませる。と、息をつく間もなく用意した具材を素早くのせれば出来上がり。ここで「ハイ、ラーメン一丁！」と威勢よくかけ声を放つと、一瞬ぱっと出来立てのラーメンが輝いて見えるだろう。熱々がうまいので、寒い時期は麺をゆでる湯がたぎったら少しとって丼に入れておき、スープを注ぐまであたためておくとよい。

叉焼は、豚ロース肉の塊を形がくずれないようにたこ糸でしばって、砂糖、酒、醤油、黒コショウ、葱の青いところ、にんにくをたたきつぶしたもの、生姜の薄切りなどを入れたたれに一日漬け込んでオーブンで焼けば出来る。砂糖のかわりに、水あめやハチミツなどを使ってもいい。オーブンがなければ、中華鍋に丸網を敷いて肉をのせ、アルミホイルの蓋をして蒸し焼きにしてもよいし、ガス台に付属の魚焼き器で焼くことも出来る。また焼かずに漬け汁に水を足して、そのまま小鍋で煮切っても出来る。僕は叉焼が出来上がると酒の肴にしてしまい、ラーメンに入れられなくなることが、たびたびだ。

祖母のラーメン

あさのあつこ

家族での食事、食卓というと、人はどんな光景を思い出として持つのだろう。わたしぐらいの年代だと、まだちゃぶ台が出てくるだろうか。丸い飯台を囲んで両親と子ども（二人ぐらい？）が座り、楽し気に食事をしている、まさに昭和の図だ。鍋料理を思う人も、唐揚げが浮かぶ人も、カレーの味がよみがえる人も、一家団欒《だんらん》の雰囲気だけをぼんやりと思い出す人もいるだろう。

わたしはラーメンだ。

祖母の手作りのラーメン。

手作りといっても、祖母はプロだった。小さいながら食堂の経営者であり料理人であったのだ。わたしの家は父も母も公務員として働いていた、つまり、共働き家庭だった。高校の教諭だった母はたいてい帰りが遅く、父は単身赴任で不在の日が多かった。いきおい、わたしたち（わたしと姉と弟）は、祖母に世話されることになる。小学校から帰るとすぐ、わたしたちは祖母の食堂に駆けこんだ。育ち盛りだ。お腹《なか》は底無しに減る。わたしは偏食の激しい子で給食を半分以上残すことがざらだったから、家に帰り着くころには耐え難いほどの空腹に見舞われて呻《うめ》いていた。

祖母の店の厨房《ちゅうぼう》の隅に、木製の古くて小さな机があった。わたしは、ほぼ毎日、そこで祖母のラーメンを食した。昆布と鶏ガラと野菜でスープをとった、あっさりした醬油味だった。そこに、たっぷりのもやしとメンマと蒲鉾《かまぼこ》と祖母特製の豚肉（チャーシューではなくて、豚肉を甘辛く煮た物だった）が入っていた。店のメニューとまったく同じ一品だ。その美味なこと！　空《す》き切った胃袋にも心にも染み込むほどに美味しい。うどんも丼物も定食もあったけれど、わたしはラーメンが一等、好きだった。ラーメンをすすりながら、わたしは食堂のお客（ほとんどが顔馴染み）や魚屋さんや鶏屋さんや酒屋さんが出入りする様子を見、その話を聞いた。

わたしは、厨房の片隅から世界を眺めていたのだ。

この世界にはいろんな人がいる。様々な想いが溢《あふ》れている。それを学んでいたのだ。そう気が付いたのは、ずい分と年を経てからだったが。

父も母も亡くなった。祖母も鬼籍に入って久しい。

田舎町の小さな食堂の小さな厨房での食事は、団欒とも家族の光景とも無縁のものだろう。ちゃんとした食事ではなく間食に近い。父母や姉弟と笑いながらご飯を食べた思い出もいっぱいある。なのに、わたしの食事に関わる記憶は、いつも祖母のラーメンに繋《つな》がってしまう。大人になって、幾度か挑戦したけれど駄目だった。わたしに世界を教えてくれたあの味を、まだ再現できずにいる。

「大勝軒」必殺の四つ玉ラーメン

椎名誠

食べもののなかでもっとも頼りがいがあり、存在感のあるコトバは「大盛り」である。

大盛りといってもいろいろある。チャーハンの大盛りから冷やしたぬきうどんの大盛り、定食Bランチのライスだけ大盛り、というのや大盛り天丼、大盛り牛丼、大盛りカレーライス、それからひらがなでただ単に大もりというのもある。これはもりそばの「大」というやつで、日本そば業界のなかでは比較的新進の冷やしたぬきうどんの大盛り、なんていうのにくらべるとちょっとばかり〝格〟が違うようなかんじがする。

なんとなく伝統の重みというものをそこにするどく感じるし、大盛りの中の〝長老〟という雰囲気もある。

中華系ではやはりなんといっても大盛りラーメンがその語感やイメージからいっても最優秀大衆賞の有力候補である。ひところ一部のジャーナリズムで絶讃された大盛り冷やし中華のおつゆダボダボ、という線もあるが、あまねく一般大衆からの支持という点ではやはりちょっと弱い。

しかし、すべての大盛りのなかで、そのパワーと迫力と真実の力という点で最高ランクは何か、というとこれは大盛りカツ丼をおいてほかにはない。これに思い切ってドンブリ入りのブタ汁とおしんこをつけてしまうと、まさに大盛り界の堂々の横綱土俵入り、というかんじがする。

高校時代ぼくは柔道をやっていたのだけれど、稽古がおわって冷たい水道の水であたまからしっぽの先まですっかり汗を流し、帰りがけにバス停の前の「さぬき屋食堂」で、この大盛りカツ丼を食べるのが人生のしあわせであった。

「さぬき屋食堂」の大盛りカツ丼は、ドンブリの縁の高さよりも一センチくらいめしの山が盛りあがっていて、その上にいつもすこしコゲすぎのまん丸いカツが生煮えの太い長ネギとタマゴにからまって赤黒くにぶい光沢をはなっているのだ。そいつが眼の前にバスンと置かれると、甘からい醬油のにおいが激しく切なく鼻孔を瞬時につらぬき、そのあまりの香ばしさに思わずワリバシを持つ手がふるえてしまいそうであった。

その店でドンブリ入りのブタ汁とおしんこをつけて大盛りカツ丼を食べるのは、運動クラブの学生と近所にある鉄工所のヘルメット関係のおっさんたちぐらいのものであった。

そのヘルメット関係のおっさんの中に、左腕にイレズミを消したあとがあって、それがまたちょっと自慢でもあるのか、いつもそこのところまでカキッとシャツの袖をまくりあげているフトメ腹デカの大将がいて、このフトメ大将の大盛りカツ丼のたべかたが実に見事であった。

まずこのおっさんはドンブリの持ちかたが普通の人とすこし違っていた。どうやるかというと、左手でドンブリの下の部分、つまりドンブリの下半身をそっくりガキッと掌でつかんでしまうのである。しかも一度ドンブリの下半身をガキッとつかんでしまうと、最後まで絶対に離すことなくそのままワシワシと食い進んでいくのである。ここのところが普通の人と違うところであった。話を聞いていると簡単に思えるかもしれないけれど、たっぷりめしのつまった大盛りのドンブリをずっと激しくつかんだまま食べ通す、というのはなかなか難しいことなのである。

このフトメ大将の食べかたでもうひとつ注目すべきは、カツ丼の上のカツおよびタマゴ、ネギ関係が少なくなってくると、それまであまり手をつけずに置いていたおしんこを皿ごとエイヤッとそのドンブリの中にぶちまけてしまうことであった。

もちろんその時もドンブリをつかんでいる手はけっして離さなかった。そしておしんこをすっかりドンブリの中に投入すると、今度はにわかにオリジナルのおしんこ丼というものに攻撃のマトを変えて、再びワシワシと激しく食い進んでいくのであった。あのひたむきな、しかし実に確信に満ちた大盛りカツ丼の食いかたというものは一種の名人芸に近いようなものではなかったか、といまぼくはしみじみと思うのである。

ぼくは東京の小平市に住んでいるのだけれど、一橋学園という駅のすぐそばに「大勝軒」というラーメン屋があって、この店の大盛りラーメンというのが八〇年代的な迫力に満ちた愛と感動の大盛りラーメンなのである。

普通のラーメンの店よりひと回り大きなドンブリに、ラードの濃いこってりしたスープがなみなみと注がれ、ここにラーメン玉二つ分がドサリと入る。シナチクが七、八本、チャーシュー、のりが各一枚ずつ入って二五〇円。これだけでもたいそうなボリュームなのであるが、しかしこれが普通のラーメンなのである。

はじめてこの店に来た客は、そこに出てきたラーメンを見て「あっ、オレ、大盛りなんか頼まないよ！」などと語気するどく言うのであるが、そうじゃないのだ。これがフツウなのである。

ではは大盛りはどういう状態であるかというと、ここにラーメンの玉が四個投入されるのである。普通のラーメン屋であると、ラーメンの玉は一個使うのが普通である。しかもちょっとインビにコスイところなんかは一個分の八五パーセントぐらいを使用するようにして、ラーメン玉一ケから約一五パーセントずつ余分をつくり、えーと、一五パーセント×六ケ＝九〇というラーメンの公式によって、つまり六人分からさらにまた一人分のラーメンを製作する、なんていうセコイことをしているところもあるのだ。

そういう、くらーいくらーいラーメン業界にあって、この「大勝軒」のラーメンはエイヤッとラーメン玉を四個もぶち込んでしまうのである。しかも値段は三八〇円。

ボリュームがなかろうはずがない。いや、この大盛りラーメンは、ボリュームというものがどういうものであるのか、というのをラーメンドンブリの中で、中華実存主義的に、厳しくその普遍的概念を実体化せしめているのである！　あ、ちょっとコーフンして言葉が乱れてしまった。

ときどき、この大盛りラーメンの真実を知らず、不用意に「あっ、俺の大盛りでね、急いでよ！」なんて頼むヨソ者がやってくる。何も知らずにそのナガレ者は、店の中にある「ビッグコミック」なんかをパラパラやって、ゴルゴ13を眺めては時おりキリリと眉に力を入れてハードボイルドな顔つきをしてみたりしているのだが、そのうち「ヘイ、おまたせ！」などという声とともにテーブルの上に出されてきた大盛りラーメンを見て、かならずギャッと言うのである。それからしばらくしてちょっと困ったようなうすら笑いを浮かべ、「うーん」などと一人で静かに唸《うな》ったりしているのである。関係ないけれどザマミロなのである。

この大盛りラーメンはなにしろ麵が多すぎてスープの中に入りきらず、その突端をドンブリ空間のはるか上空にまでチョモランマのように突き出させているのである。こいつをたべるときは、まずおもむろにこの突端にワリバシを突きさし、最初から思いきって頂上攻撃を行なうのがプロのやりかたなのである。

この店は当然ながら近くにある一橋大学の運動部のハラペコマンたちが常連である。この店で大盛りラーメンを十分台で食べる（ごく最近二十分台の壁が破れた）というのがかれらの中のひとつの貴重なメルクマールとなっているのである。

だからこの店の壁には彼らスポーツ青少年たちの感激の寄せ書きなどが貼られている。

今、その店に貼ってあるのは今春卒業した一橋大サッカー部の寄せ書きで、そこには大学生にしてはまことにキタナイ字でこんなことが書いてあった。

「大勝軒の大盛りラーメンには男のロマンがある」

「大勝軒のラーメンは不滅です！」

度を越す人

宮沢章夫

人はしばしば「度を越す」のだった。

よく語られるのは「酒」ではないか。「度を越して酒を飲む」ことをしてしまい、前後不覚に陥って様々な失敗をしてしまった話はよく聞く。家まではなぜか戻ることができたが、目が覚めると、玄関の前で眠っていたという映画監督を私は知っている。酒のせいでやけに気前よくなってしまい、女にものすごく高価なバッグをプレゼントしてしまった人の話も聞いたことがある。男ばかりではない。つい度を越して、酒席で裸になったことを恥ずかしそうに語る女もいた。酒は「度を越し」がちだ。だが、酒ばかりではない。なにか嬉しいことがあって、「度を越して喜ぶ」のが、ある種の騒ぎになってしまうこともよくニュースになる。阪神《はんしん》タイガースが優勝したからといって道頓堀《どうとんぼり》に飛び込むのはよく知られた話だし、あるいは、なにかで喜んだあまり、意味がよくわからないが、通りの激しい道の真ん中に出て行って、両手を広げ向こうから来る車を止めたという話も聞いたことがある。そして、喜びのあまり、うれしいうれしいとばかりに、近くにいた人をぼこぼこに殴ってしまうという、いよいよ理解できない者もいる。

どいつもこいつも、「度を越して」いる。

ではいったい、「度」とはなんだろう。なにが「度」を作り、そして、なぜ人はしばしば、「度を越して」しまうのか。きわめて興味深い。なぜなら、そのどれもこれもが「考えていない」からだ。

なかなか、「考えた」あげく、自宅の玄関の前で眠ってしまうようなことはできないだろう。ふと気がつくと、そこは外である。日の光が覚ましたばかりの目にまぶしい。そして自分のからだが道で横になっているのに気がつく。見れば、これから会社に行く人たちが歩いている。学校に向かう高校生の姿が目に入る。そんなとき、自分は道で横になっている。こんなに「考えていない状態」もないではないか。

あるいは、あまり品のいい話ではないが、こうして「度の問題」を書きながら疑問となって浮かんだのは、次のようなことである。

「度を越したセックス」

この場合の「度」はなんだろう。文字通り、「何度したか」という回数だろうか。

それとももっとおそろしい、「度を越したセックスの質」なのだろうか。いったいそれは、どこに「度」を設定するのか、私には皆目見当もつかないので、そんなアダルトビデオやＤＶＤは発売されているのだろうかと、つまらないことが気になる。こんなタイトルのＤＶＤはあるのだろうか。

「度を越した女」

よくわからないが、ものすごいことになっているような気にさせるタイトルだ。

「度を越したカップルは眠らない」

自分で書いて言うのもなんだが、なにかすごいことを想像させる。なにしろ眠らないのである。だったら、「度を越したカップルは場所を選ばない」はどうだ。ものすごいんだろうな。とんでもない場所なんだろう。それこそが、「度を越した」の真骨頂だ。「考えない」と呼ぶのに、これほどふさわしい状況はない。

東京に小田急線という私鉄がある。その沿線に、「経堂《きょうどう》」という名前の駅があって、あるラーメンの名店があるのはあまり知られていない。かつて私は、経堂の近くに住んでいたので機会があればその店に行った。その後、引っ越してしまい、めったに行く機会もないが、それでも数ヶ月に一度は足を向ける。店のメニューのなかでもっともスタンダードなのは、「支那《しな》そば」と名付けられたラーメンだ。あっさりとした醤《しょう》油《ゆ》味だが、こくがあり、スープも麺も人をうならせる。さらに、分厚く切られた鶏肉がのった「鶏そば」も捨てがたく、どちらにしようかで迷う。そして、これだけでも十分堪能《たんのう》できるが、ここに、おそらくこの店でしか食べることができないだろう「香《こう》麵《めん》」というメニューがあって、しょっちゅう来る機会があれば、「香麵」はまた今度にして、きょうは「鶏そば」にしておこうかとあきらめもつくが、その「香麵」が筆舌に尽くしがたい美味しさだから困るのだ。「香麵」はスープの入っていないラーメンである。鶏肉があり、もちろん麵があり、いくつかの薬味が入っているし、さらに、秘伝のタレがかけられて客の前に出される。どんぶりのなかで混ぜる。そのとき、さらに追い打ちをかけるように、店では「ラーチャ」と呼ばれる練りもののようなひどく辛い香辛料を好みに合わせて入れる。このうまさはただごとではない。

そこで私は、「度を越す」のである。

数ヶ月に一度しかこの名店に来ることができない。ときには、行ったとしても店が満員で一時間以上も待たされることがある。正直なところ、「香麵」を食べたい気持ちはもっとも強いが、だからといって、「支那そば」も食べておきたいし、まして、分厚くてよく熟成され味が深くしみこんだ鶏肉の「鶏そば」も食べずにはいられない気持ちになっている。メニューを見て苦悩する。経堂の町で、なにを食べるかで苦悩しているのがこの私だ。そして、私は決断した。決断は「度を越した」ものだった。「支那そばと、香麵」

一瞬、店の中にどよめきが起こった。客が二人連れならまだわかる。一人ずつの注文だろうとわかる。だが、注文しているのは私一人だ。店のマスターも茫然《ぼうぜん》とした顔をする。なにか聞き間違えたのかと釈然としないような顔をしている。それから、少し間があったのち、ようやく言ったのだった。

「一人で？」

そして、私はさらに度を越した。

「あと、鶏そばも」

さらに店のなかのどよめきは高まる。マスターの表情が厳しくなる。なにか、挑戦を受けた者のように顔が引き締まったのだ。そして、私のことをじっと見てから、気合いを入れるように調理をはじめた。

注文の品が次々と出てくる。「香麵」はさすがにうまかった。そして、続いて「支那そば」が出てきた。あっさりしたスープだがとてもこくがあり、これぞ東京のラーメンという風味だ。美味《うま》い。だが、美味いと思って食べていたのは、「支那そば」の途中までだった。そのとき、私は少し反省した。

「俺はいま、度を越しているのではないだろうか」

必死の思いで「支那そば」を食べきった。するとマスターはすかさず、「鶏そば」を私の前に置いた。私は、それを見るなり、思わず口に出していった。

「こりゃ度を越してるよ」

それでも私は食べた。少しでも残したらマスターに悪い。注文した手前、いくら度を越していたとしても途中であきらめてはいけない。人間、たまには度を越すべきだ。なにしろ、誰に迷惑をかけているわけでもないのだ。度を越して、いったいなにが悪いことがあるものか。

店を出るころになると、私はもう、動けないような状態になっていた。少しでも動いたら、なにかがからだのなかで爆発しそうな気がしていたのだ。うまく歩けない。だが、マスターにそんな姿は見せられない。「いやあ、やっぱりここの店はほんとにうまい」などと、半分はほんとうの気持ちを、そして、半分はやけっぱちになって言ったのだった。最後は、「美味しい」という気持ちより、食べきったという達成感だけが残った。富士登山に挑戦して、頂上にのぼりきったような思いだ。

「度を越して、大量に食べる」

たしかに、エベレスト登頂だってある意味では、「度を越した行為」だが、ラーメンはだめだ。なにも考えていなかった。食べたい気持ちだけが先行した。だが、人はときとして、「度を越す」。それもまた、「考えない」にとって大事な要素である。

相撲とラーメン

川本三郎

家から歩いて十五分ほどのところにそのラーメン屋はある。車の量の多い通りに面しているがそのあたりは住宅街といってよく、店は小さな美容院とこのラーメン屋の二軒しかない。ガスが来ていないのか、二軒ともプロパンガスを使っている。なんだか取り残されたような一画にある。

散歩の途中、このラーメン屋のことを知り、時折り入るようになった。行く時間が食事時ではないためか、いつ行っても客は少ない。小さな店でカウンターとテーブルが二つ。

相撲の場所が始まると、中入り後の後半に入る五時頃に出かけ、テレビの相撲中継を見ながら、餃子を肴《さかな》にビールを飲む。

店は初老の夫婦が二人で切りまわしている。この規模の店なら二人で充分やってゆけるのだろう。

主人も相撲好きなのか、厨房でタバコをふかしながらテレビの相撲中継を見ている。下町のラーメン屋ではよく見る光景だが、杉並区のこのあたりでは珍しい。一度、ひいきの相撲取りはと聞いたら若の里だといった。私もそうだ。子供の頃、栃錦のライバルだった若乃花のファンだった。以来、二所《にしょ》ノ関《せき》一門の「若」の字のしこ名を持つ相撲取りが好きなのだ。そういうと、主人は、自分も同じだ。いまは若の里の弟子の稀勢《きせ》の里がいいという。

それを知って、カウンター越しに一緒にビールを飲むようになった。


杉並区の阿佐谷の町で育った。

この町には西東京には珍しく相撲部屋があった。花籠《はなかご》部屋。まだ弱小の部屋で、日大相撲部の土俵を借りていた。

この部屋の人気力士が若乃花だった。

小柄ながら呼び戻しややぐら投げなど大技を使い、豪快な取り口で町の子供たちにも大人気だった。

その頃から、テレビが登場し、相撲中継が始まった。ラジオに比べると臨場感があり、場所が始まるとたちまち子供たちはテレビの前に集まった。

といっても自分の家にはまだテレビはない。どこで見たか。当時、いち早くテレビを買った商店街の商店でだった。いくつかあった。そば屋。食堂。豆腐屋。そしてラーメン屋。このうち豆腐屋だけは外からの立見。あとは、客として入り、テレビを見る。

私の場合は、近所のラーメン屋だった。カウンターとテーブルが二つほどの小さな店だったが、奥に六畳ほどの部屋があり、そこに子供たちを上げて、テレビを見せてくれた。家族の居間兼食堂だったのだろう。冬など炬燵があった。

気のいい中国人夫婦の店で、場所ごとに毎日のように子供たちが十人ほど押しかけ、ラーメン一杯でねばっても嫌な顔ひとつしなかった。

それどころか、おばさんなど若乃花が栃錦に勝って子供たちが大喜びしていると、みんなに飴を配ってくれたりした。

子供のなかには、親がラーメン屋でテレビを見ることを禁じていて、ラーメンを注文出来ない子供もいたが、おばさんはそんな子供にも親切で、お碗にワンタンを入れて出してくれたりした。

私たちのグループのリーダー格の子供が、その家の子供と同級生だったから、おばさんは格別に私たちに親切にしてくれたのかもしれない。

私の家にテレビが入ったのは、中学生の時だから、小学校の五、六年生の時は、すべて相撲はこのラーメン店のテレビで見ていたことになる。一杯のラーメンをゆっくり、ゆっくり時間をかけて食べるので最後には、のび切っていた筈だが、それがまたひどくおいしく感じられたものだった。

いま、家の近くにある初老の夫婦の店に、相撲が始まると時折り、出かけてはビールを飲むようになったのは、そのこぢんまりした店のたたずまいが、子供の頃に相撲を見せてもらったラーメン屋とよく似ていたためかもしれない。

その冬、家内が病いを得て、一ヶ月ほど入院した。子供のいない身なので、自然と外食が多くなった。

冬の寒い日、急に熱いラーメンが食べたくなってこのラーメン屋に行ってみた。ところが休みの日でもないのに閉まっている。扉のところにこんな張り紙があった。「妻病気療養中につき当分休みます」。わが家と同じ状況かと気が沈んだ。

それから店はずっと閉まったままだった。

わが家のほうは、春になって家内がなんとか退院してきた。病後の体力回復にと、二人で毎朝早く一時間ほど散歩するようになった。

新緑の美しい朝、ラーメン屋の前を通ると「お店再開します」とあった。奥さんがよくなったのだろう。ほっとした。すぐに大相撲の夏場所が始まる。またビールを飲みに行くことにしよう。

はっこいラーメンのこと

角田光代

こんなにつめたい食べものを好むのは、世界広しといえど、日本人しかいないのではないかと夏になるたび思う。世界各国、それぞれの料理につめたい料理はかならずあるだろうが、でも、日本ほど多種多様ではあるまい。最近、つめたいお茶漬けのコマーシャルを見て、「そこまでやるか、日本人」としみじみ感心した。

蕎麦に素麺《そうめん》に冷やし中華に冷製パスタ。冷や奴《やっこ》、枝豆、冷やし茄子《なす》。お刺身、牛たたき、冷やしゃぶ。前菜からメインまで、ぜーんぶつめたい料理で構成できるくらい、つめたい料理はたくさんある。ガスパチョもビシソワーズも冷麺もバンバンジーも外国の食べものだが、しっかり浸透している。つめたくておいしいからこその浸透だと私は思っている。日本人は夏につめたいものを食べるのが大好きなのだ。

一年じゅう暑い国にいくと、逆に、こんなにつめたいものはない。タイやスリランカヤメキシコ等々、かつて旅して暑かった国を思うと、辛い食べものはたくさんあったが、つめたいものはそんなになかった。

暑いときに、熱くて辛いものを食べて汗をだらだら流す、というのは、日本人もやるけれど、まだ新しい感覚という気がする。昔っから「夏だ！　辛いものだ！」とやっていたわけではなかろう。しかもその「熱辛」コンビですら、冷やす場合もある。冷やし担々麺って、きっと本場中国にはないと思うんだけれど。

山形を訪れたとき、昼に、ごくふつうの定食屋に入った。生姜《しょうが》焼きとか親子丼《どん》とか、オーソドックスなメニュウが並ぶなか、「はっこいラーメン」というのがある。はっこい？　初恋？　初恋ラーメン？　不思議に思い、「これってなんですか」とお店の人に尋ねると、「はっこいラーメンのことだぁ」という返事。はっこい、ひゃっこい、つまり「つめたいラーメン」。冷やし中華と違うのだろうか、と思い、注文してみた。いざ品が運ばれてきて、たまげた。

ラーメンである。汁のなかに麺と卵と葱《ねぎ》とメンマと焼豚が入っている。そして、氷が入っている。一口食べて、さらにたまげた。つめたい。いや、わかっているんだけれど、ラーメンがラーメンの姿のまんまでつめたいと、やっぱり関東人の私はびっくりするのである。不思議なことに、氷が入っているのに最後まで汁が水っぽくならない。シンプルでかつこくのある醤油ラーメンが、何も損ねずつめたくなっている。ちょっと感動した。

帰京してから「はっこいラーメン」をずいぶんさがしたが、ない。コンビニエンスストアでつめたいラーメンを売っているのを見たが、見かけからして違うから、食べる気にならない。そこで私は考えた。日本人は、山形の人だろうが東京の人だろうがとにもかくにも夏にはつめたいものを食べたいのだ。東京にはっこいラーメンの店がないのなら、私が作ろうではないか。繁盛《はんじよう》間違いなし。……そこまで考えて、はっこいラーメンの作り方を何も知らないことに気づいた。だめだ、私じゃ作れない。だれか店を作ってください。繁盛間違いなし。夏場だけだけど。

幻のラーメン

吉村昭

札幌市に旅をすると、必ず「やまざき」というバーに行く。店主の山崎達郎さんは、バーテンダー協会の要職にあって、人間としても立派な方である。

いかにもクラシックバーという感じの店で、カウンターの中は男性だけで女性はいず、勘定も安い。私は店名にちなんで、サントリーの「山崎」というウイスキーをキープしている。

「やまざき」でいい気分になった私は、近くにあるラーメン屋に入るのを常としていた。

私が味噌《みそ》ラーメンを食べたのはこの店が最初で、天下に名高い札幌ラーメンのうまさを知ったのはこの店であった。

編集者のKさんをこの店に案内した時のことは、今でも忘れられない。Kさんはひ

と口食べるとしばらく黙り、

「うまいなあ」

と、言った。

今でもKさんは、あの味噌ラーメンがこれまで食べたラーメンの中で最高だ、と言っている。

ともかくうまいのである。私はラーメンを作っている四十年配の店主に畏敬《いけい》の眼をむけながら、箸を動かしていた。

ところが、十年ほど前、そのラーメン屋が消えてしまった。私は落胆し、だれにきいたのか忘れたが、消えた事情を知った。

店主はバクチ好きで、パチンコ、競馬に熱中していた。店は繁盛していたが、バクチで借金がかさみ、夜逃げしたのだという。

誠実そうなあの人が、そんなことに精神を蝕《むし》ばまれていたのか、と思った。

その後、うまいラーメンを求めて、札幌の夜の町を歩きまわったが、バクチ好きの店主が出していたラーメン以上のものにはお眼にかかれない。

絶妙な味のラーメンを出す店が幾店も札幌にあるのだろうが、私は不運にもそれを知らないのである。

すべてはこってりのために

津村記久子

　わかっている。自分でも天下一品のこってりに過剰な期待を寄せていると思う。しかし、何か辛いことがあった時に「もう天一《てんいち》行こう」と思う確率が高すぎる。それはあまりに自然に湧き上がる感情なので、自分では止めようがないのだ。そこで、「ファミレスのハンバーグにしよう」とか「ほか弁のチキン南蛮弁当にしよう」、と考えることもべつにあっていいのだけれども、ほとんど条件反射のように「天一」という選択をしてしまう。なぜだろうか。もしかしたら、ファミレスでハンバーグを食べても、サイドメニューでこってりは提供されないし、ほか弁でチキン南蛮を買っても、小さいこってりを付けたりはできないのだが、天下一品には唐揚げ定食があるからかもしれない。ラーメン（こってりでネギ多め）とからあげとごはんを同時に食べられる。もちろん、ラーメンだけでもいいのだが、わたしは天下一品に行くと必ず唐揚げ定食を頼んでしまう。そしていつも満腹になりすぎてしまい、フラフラになりながら家路につく。異論はあるだろうけれども、とりあえずお金か食材を持っていたら、空腹は食べれば癒される。しかし、過剰な満腹はどうしようもない。時が解決するより他はない。またやってしまった、と思う。しかしそんな後悔もつかの間、わたしはまた何かあったら天一に一直線である。

それにしても、こってりラーメン、からあげ、ごはん、というラインナップのバランスは異常だと思う。店によっては、ごはんに黒ごまがふってあって、たくあんがついてくる。ラーメンを食べていて、脂っこくなってきたら、白米をいただく。たくあんも少しずつかじる（ここでからあげの付け合せの水菜かキャベツでもいい）。ややさっぱりしたところで、からあげを四分の一ぐらい食す。やはり脂もいいなあ、と思ったところでラーメンに戻り、ネギと麺を絡ませて口に入れる。そしてまたしばらくラーメンに集中する。ときどき、場所を決めてラーメンたれを少し垂らして味に変化をつける。

書いていて、ほとんど「これ以上のものはない」という気分になってくる。「卑怯だ！」と叫びたくなるし、「宇宙か！」とも思う。でもいつも食べ過ぎた……、と後悔する。ただ、ごくたまに、さわやかに満腹という状態になる。わたしはその、疲労と腹の空き具合と体調が高次に融合する瞬間をひたすら待っている。天一の唐揚げ定食をおいしく食べるために、日々試練に立ち向かっている。

悪魔のマダム

久住昌之

花粉症というと、春先のスギの花粉症が一般的だが、秋にもブタクサによる花粉症がある。

ボクは幸いどちらもヒドイ症状は出ないが、それでも年によっては、春も秋も鼻水が出たり、クシャミが出たり、目が痒かったりする。

で、秋のブタクサだが、意外にその花が知られていない。

そして、よくブタクサと間違われる草に、セイタカアワダチソウがある。実はボクもこれがブタクサだとしばらく勘違いしていた。駐車場の端なんかにもよく生える、真っ黄色の花を咲かせる背の高い雑草だ。こないだ新幹線に乗っていても、東京から京都まで、あらゆるところで黄色い花の群生を見た。

この花の派手な黄色が、いかにも花粉症になりそうな毒々しさにも見えるので、間違われるらしい。セイタカアワダチソウは、花粉症の原因にはならないそうだ。

本当のブタクサは、もっともっと地味な白っぽい花をつける目立たない草だ。

ボクはインターネットでブタクサの写真を見て、それが近所にどれだけ生えているのか、見てみようと、仕事場から自転車で出かけた。

ところが案外見つからない。

この街の居酒屋で働いている人で、ブタクサの花粉症の人がいるから、絶対あるはずだ。ところが、探してるところが見当外れなのか、見過ごしているのか、目に付くのはやはり、セイタカアワダチソウの黄色い花ばかり。

「ホントはお前が犯人なんじゃないの？」

と黄色い花に言いたくなるほどだった。

午前十一時過ぎに仕事場を出て、見つけたらそのままどっかで昼飯食って帰ろう、と軽い気持ちでいたら、グルグルグルグル、ずいぶん遠くまで来てしまった。

それらしい草を見たことは見たが、写真を持って来なかったので、だんだん記憶が薄れ、確信が持てないまま時間だけ経って、気が付けば午後一時半。腹ペコだ。

もうブタクサなんてどうでもいい。帰って仕事もしなきゃならないし、この辺で適当に食べよう。と思った。

そうだ。野武士は「ハラ減ったから食う」なのだ。飯屋にこだわらないのだ。

バス通り沿いのちょっと先になんか看板が出ている。

近づくと中華料理店だった。

「マダムＹ」としておこう。そういう系の屋号だ。

ここでいいや、ラーメン一杯、さっと食べて戻ろう。


魔がさす、というのは、こういうときか。

後で考えたら、普段なら絶対に入らないタイプの店だ。

その赤と金と水色が多用された、どうですいかにも香港っぽいでしょう、と言いたげな外装。しかしどこか安っぽく、手抜きな感じがする。

ちょっとスナック風な、酒の宣伝が入ってる路上看板とか。

のれんはなくて、自動ドアだし。その自動ドアの本来ならドアノブがある辺りに太マジックで「自動」と書いた紙をセロテープで貼り付けてる感じとか。

絶対入らない店。普段の俺なら。

でも気分は野武士だったのか、ちょっと腹が空き過ぎてたのか、太陽が眩《まぶ》しかったからか知らないけど、入ってしまった。

店内ではサラリーマン風のスーツの男が、ひとりでテレビ見ながら定食らしきものを食べていた。

ガランとした店内に、午後のドラマの音声が響いている。

「イラシャイ」

と近づいてきた五十歳ぐらいの女性店員。

遠目にも化粧が濃い。それだけでなく、近づいてきたら、ツンとくる香水か化粧品の匂いが襲ってきた。

その瞬間、(ああ、ちょっとダメかも)と思いながら、でも迷わず、

「ラーメン」

と言った。

すると、店員は、いやこの際マダムと呼ぼう、マダムは、

「ラーメン、ナニラーメン?」

と少し乱暴に聞こえる中国訛り(なんだろうな?)で急かすように言った。慌てて壁のメニューを見ると、「醤油ラーメン」「広東麺《かんとん》」「チャーシューメン」などいろいろ書いてあったので、一番端のを選んだ。

「えー、醤油ラーメン」

「ハイ、ショユラーメン」

マダムは復唱すると荒々しくきびすを返して奥へ消えた。

(ああ、きっとダメだ、なんでこんな店に入ってしまったんだろう)

そう思ってしまうと、見回す店の内装が、ことごとく自分の好きな「ラーメン屋」らしいそれとは正反対に見えてくる。派手な模様の壁紙（でも汚れてる）、飾りのけばけばした赤いプラスティックのランプシェード（曇ってる）。香港の写真（色あせてる）。香港のカレンダー。カレンダーには休みの日に丸が付いているほか、「ゴルフ」と書いてある日もある。よく見るとホコリをかぶったゴルフのトロフィーもある。

どんどん不安になってくる。

夜はラーメン屋というより、飲み屋として営業されていて、そっちの収入が中心なのかもしれない。絶対そうだ。

悲しくなってきた。水をひと口飲んだ。カルキ臭くて、もっと悲しくなった。

野武士も絶対ここには入らない。

と、思っているうち、早くもラーメンができたらしい。

料理待ちの客は自分だけとはいえ、早い。不審になるほどすぐ出てきた。

香水を振りまきマダムが運んできた。

「オマタセシマシタ、ショユラーメン」

そんなに待ってない。マダムが作ったのか。そうだろう。他にひと気はない。

それがますます嫌な予感。

香水の匂いを、ラーメンの湯気にまとわりつかせて、マダムは奥に消えた。

箸は割り箸ではなくて、プラスティックの、中国風のものだった。これ、重くて持ちにくくて麺がすべって嫌いなんだ。

ツルツルすべる箸でつまみ上げると、少し透明感のある、細いちぢれ麺。

まあ、いい。ラーメン評論家みたいなこと言ってないで食おう。


（ぬるい。）


全然、ぬるい。

ガッカリ。何これ。

そのひと口で、失敗を確信した。

スープ、すすった。

ぬるい。全然熱くない。

ああ、ぬるい。それがこのラーメンの全感想だ。

ヌルイという魔王がこの丼を支配し、ラーメンを暗黒の世界につなぎ止めている。

スープの表面に、麺を半分ほど隠すように広がっている、黒々したものは、なんだ。

箸ですくう。ぬるりとしている。

知ってるけど、ワカメだ。やけに黒々としたワカメだ。

好きじゃないんだ、ラーメンにワカメって。

それもこんなにいっぱい。残そう。これは食べないで残します。

味付け玉子、ひと口かじる。

冷たい。

味付け玉子のようだが、冷たくて味がよくわからない。

もうやだ。

なんか、世の中の何もかもが、嫌になってきた。

来た瞬間はあった湯気も、見事に消えて、丼の表面は沼のように静かだ。

悲しくなってきた。

チャーシューを食べた。

なんか八角《はっかく》っぽい癖のある香辛料の味がする。

単品で頼めば、紹興酒の肴《さかな》にはいいかもしれない。一生懸命前向きに考える。

だが、すぐにその気持ちを、下に横たわって淀むぬるいラーメンの放つどんよりとした空気が、萎えさせてしまう。

ワカメも玉子もいらない。チャーシューも半分で、いや、もういい。

怒りは不思議になかった。激しい嵐のような後悔を理性が抑え込んでいる。

この感情を絵画に昇華できたら、ピカソの「泣く女」になるかもしれない。

せめて麺だけ、胃袋のために、食べよう。食べないと。俺は腹が減っているんじゃないか。

山道の長い長い木の階段を機械のように、頂上を見ず、足下だけ見て、一歩一歩、何も考えないで登るように、食べる。

ぬるい麺を、持ちにくい箸で、ひと箸ひと箸、たぐり、すする。

自業自得。

軽卒だった。迂闊《うかつ》だった。浮ついていた。バカだった。

出会うべくして、このラーメンに出くわしてしまった。

店のテレビで食洗器専用洗剤のコマーシャルをやっている。

その妙な明るさが、ボクをさらなる絶望へと陥れた。

ふと目を上げると、入ってきた自動ドアの傷だらけのガラス越しに、表のバス通りが見える。外は秋晴れの、いい天気なのだ。

なのに自分は、ヘンなシャンデリア風な赤いランプシェードの明かりの下で、敗戦処理投手の気分でなんかズルズル食べてる。十五対一で九回表、もう完全に負けの決まった試合なのに、まだ打たれてる。もう観客はみんな帰ってしまった。

気が付くとさっき定食を食べていた人もいない。

麺だけは、とりあえず全部食べた。

だがおなかがなんだか気持ち悪い。

「胃袋のために」という食べ方を、胃袋が怒っているような気がする。

「不本意」という三文字が、前頭葉の辺りでチカチカと点滅している。

「敗北」という二文字が、俺の背中にベッタリと貼りついている。

五〇〇円だった。

高いとも安いとも、なんとも感じなかった。水道料金を払うように、金を出した。マダムの香水がレジの周りに立ち込めている。金を払いながら近くで見たら、マダムは六十代後半かもしれない。粉っぽい化粧が肌から浮いている。

魔女、というより、悪魔、と思った。

店を出て、明るい日差しの下、自転車のカギを外した。

無実の罪で捕まって、ようやく疑いが晴れて手錠を外されるように、店から解放された。生きていくのが、空しい午後。

自転車にまたがり、ペダルを踏み込む。

とたんに、胃が重くなった。苦しい。何か悪いものが入っていたんじゃないのか。

考えるのはやめよう。死にたくなる。

いい天気だけが救いだ。いや、逆に悲しくさせてる気もする。

重いペダルをゆっくり漕ぐ。

角を曲がったら、低いブロック塀の上から、セイタカアワダチソウの黄色い花が、毒づくようにたくさん覗いていた。なんだかイイ奴等に見えた。

静謐なラーメン

町田康

清浄な天の魂が集う天願屋に現れ、定量的な議論を吹きかけて上臈《じょうろう》を困惑させたぬらりひょんはそも何者なのか。

私見であるが、おそらくはこの清浄な世界を破壊するべく派遣された、悪の使徒であろう。

ある調和を保った世界には必ずこういう者が現れる。

例えば、みなでピースな雰囲気で楽しく飲んでいるときに、政治を論じ、人生を論じ、悲憤慷慨《ひふんこうがい》するなどして、ひとりで雰囲気を壊し、その場の調和を危うくする奴が出てくる、みたいな。

こういう場合、どうしたらよいだろうか。

よくある態度は、こうしたものを批判するという態度だ。

みんなで楽しくやっているのに調和を乱すというのは間違っている。と発言する。そうだ、そうだ、と同調する者が現れる。ぬらりひょん非難決議を全会一致で可決する。

という態度はしかし無効である。なぜならそうしたギスギスした雰囲気こそが、悪の化身・調和の破壊者の望むところであるからで、そんなことをしても向こうが喜ぶだけである。

ならば。というので、ただ言論で批判するのではなく、一歩進んで武力でもって悪の化身を滅ぼしてしまえば、撃攘《げきじょう》・排攘してしまえばよいのではないか、という議論に当然なる。

仮面ライダー、ウルトラマン、レインボーマン、人造人間キカイダー、赤胴鈴之助、鉄人28号、マグマ大使、といった説話ドラマは、みーんな、そうしたことを描いている。

しかし、これもまた無効である。

なぜなら、その調和を保った集団からエネルギーが外部に発せられたら、内部と外部の均衡が壊れ、調和が内側にへこみ、また、エネルギーが大きかった場合は、調和は完全に壊れてしまい、力の放出のそもそもの目的が達成せられないからである。

だったらどうしたらよいのか。

どうしようもないじゃないか。

しかり。どうしようもない。

調和に悪の粒子がぶつかってくることを止めることはできない。

では、調和に悪の粒子がぶつかるとどうなるかというと、調和が不安定になる。しかし、不安定なものは安定へ向かう。というのは、たとえそれが不安定なままであったとしても、不安定な状態に安定する、ということである。

つまりこれは調和が別の形に変化した、ということである。

これにいたって私たちは、ああ、そうか。そういうことだったのか。よかった。よかった。と言うことができる。

え？　そうなの？　と訝《いぶか》った君は、そもそもの天願屋のコンセプト、ことにあの小便小僧の君臨する滝壺のことを想起すべきである。

そう。すべてのものは変わる。変化する。いまここにこうしてあるものは、それはすべて、儚《はかな》い命であろうが、峩峩《がが》たる嶮山《けんざん》であろうが、すべては仮の姿でしかない。いまの、たまたまの現象に過ぎない。あの小便小僧はそう教えていたのではなかったか？

ならば、調和がなんであろうか。

そこにぬらりひょんがぶつかってくる。あたりまえのことである。それをあたりまえのことと受け止め、調和が別の形に変化していくのに、耐える、のではない、それを当然のこととしてというか、その変化の主体としてそこにある／いるというふたつのことを行うのが天願屋でラーメンを食べることの主眼である。ぎりぎりの肝要である。

そんなことにも気がつかないで自宅で紅葉《もみじ》まんじゅうを食べながら争闘主義を主導することを夢に見つつ、初版三千部の本を出して女弟子を口説いているような口舌《こうぜつ》の輩は、ぬらりひょんの口撃を受けて即死するだろう。

そしてまた、右のようなことを思うとき、そもそも調和とはなにだろうか、ということを僕は考えてしまう。

それって、調和とか言って、いい感じの事柄のように言っているけれども、単なる趣味のサークルなんじゃない？　仲良し三人組なんじゃね？　と思ってしまうのである。

そんなものを後生大事に抱いて人生を空費するのは馬鹿げている。

つまり、ぬらりひょんと争闘する必要はない。といって、これをことさら歓迎する必要はない。

ぬらりひょんがぶつかってくることを事実として淡々と受け止め、これによる変化を、変成を丸ごと受け止める。自分を世界に向けて開いていく。そのことによって自分を無くする。それこそが天願、そうまさに天の願い、天へ向けた願い、天から自らに向けられた途方もない願い、なのだあああああああああああああああああああああっ、と気がつけば私は絶叫しているのだろうか。

いや。しない。

それはあくまで、あくまでも一杯の静謐なラーメンなのである。しかし、その静かな佇まいのなかに無限の、核燃料のようなパワーが蓄留しているのである。というと、蓄留などという日本語はない、と指摘する不粋なぬらりひょんが集団で襲ってくるだろう。はははは。あはははははははは。あほほほほほほほほほほほほほほほほ。そんなことすらこの典雅な、そして同時に卑俗な、暴力的でありながら同時に無限に優しく無限に悲しい、何もかもを振りかざしつつ、なにもかもを隠した、そんなラーメンの前で、そんな言説はなんらの意味もない。豚のための貯金箱を作ろうとして無残な失敗をした、その木材の端切れの燃え糟《かす》だ。須山萌香という女に惚れて振られたバカ男の腐敗した脳髄だ。

それをトロロ汁と取り違えて食って食あたりで死んだおっさんだ。

あはははははははは。あほほほほほほほほ。

高笑いが初夏の空に広がっていき、いつまでも消えない。

いい気持ちだ。いい気分だ。リフォームが始まって以来、いやさ、素敵な生活がしたいと志して以来、こんないい気持ちになったのは初めてだ。

それは僕自身がなにか、別のものにすでに変成してしまっているからだろう、素晴らしいことだ。

内臓というものをいったん白紙にしてしまう。そのことの重要性を小鳥が歌ってるのだろうか。生きているということはほんたうに素晴らしいことだ。

ラーメンが運ばれてきた。麵。汁。具。このみっつのものが丼のなかでひとつとなっている。一体となっている。それがラーメンというものだ。そんな自明のことをなぜかもう一度確認したくなるような、そうしたおおらかなラーメンであった。

スープは茶色で油が浮いていた。麵は黄色で縮れていた。具は煮抜《にぬき》、シナチク、焼き豚、海苔であった。

まったく奇を衒《てら》ったところがない。完全に透徹したようなラーメンであった。東京から横浜、そして小田原へ旅する間、気をつけていれば六百杯は目にするようなラーメン。

そこのところが大いに素晴らしい。

つまり、主張というものがない。俺が、俺が。という我欲。その一切の我欲を捨て去り、さらに、我、というものを捨て去った人間が作ると、案外こんなシンプルなラーメンになるのかもしれない。

そして味。

私は、蓮華、と名付けられた陶器の匙で、スープを掬《すく》い、味わう。舌のうえに雀が這っているような感触があり、その後、喉と脳髄に同時に、味覚の信号がびりびり流れてくる。

普通。きわめて普通の味だった。衝撃的なほどに普通。特色というものがまったく感じられないのである。貶《けな》しているのではない。というか、これは最大級の賛辞である。

だってそうだろう、人間のやることである、たとえわずかでも、その人なりの特色というものが、どうしたって滲み出てくる。

ところが、そうしたものが一切ないのだ。それは本当に凄いことである。こんな普通なものは普通、ありえない。ところがそうした、異常なまでの普通が普通にここにある。

普通の幸せ。

そんなライフスタイルを表す言葉が虚しくなる。そして、ちょっぴりセンチな気分になる。

私は割り箸という木箸を、えいっ、裂帛《れっぱく》の気合いとともに真ふたつに割り、こんだ、麺、を木箸ではさんで口に投入してみた。

予想通りだった。完璧なまでに普通だった。もちろん、具も普通だった。老賢人もぬらりひょんも鉢を持って普通のラーメンを食べていた。気がつけば上臈もラーメンを食べていた。店主と思《おぼ》しき痩せこけた男もラーメンを食べていた。

いつの間にか僕らは輪になっていた。輪になってラーメンを食べていた。僕らはグルグル回転していた。回転の速度が次第にあがって僕たちはただの黒い筋になって、誰が誰かわからなくなった。でもラーメンの丼は離さなかった。僕たちは回転しながら宙に浮き、一陣のつむじ風となって盆地の上空を湾の方へ駆け抜けて消えた。無数の丼鉢だけが地面に落ちて、そして細々に砕けた。

禁断のラーメン

穂村弘

こんな短歌がある。

かへりみちひとりラーメン食ふことをたのしみとして君とわかれき　大松達知

わかるなあ、と思う。「君」とはたぶん恋人だろう。大好きで一緒にいると楽しい大切な相手にちがいない。けれど、にも拘《かか》わらず、作中の〈私〉は、その「君」と別れた後の帰り道に、一人で「ラーメン」を食べることを密《ひそ》かに楽しみにしているのだ。「君」と一緒に夕食を食べなくていいのか、と心配になる。その場合は、二人の関係性にもよるけど、「ラーメン」よりはレストランという流れになるのではないか。もちろん、たまたまその日は「君」に用事があっただけかもしれない。詳しい背景まではわからない。
いろいろな可能性が想像できつつ、この局面に限って云《い》えば、やはり〈私〉は「君」よりも「ラーメン」に惹《ひ》かれているような気がしてならない。たった一人で食べる心底気楽なラーメンには魔力がある。それは〈私〉にとって掛け替えのない楽しみなんじゃないか。

そういえば以前、知り合いの男性編集者と打ち合わせをした後で、こんなやりとりになったことがある。

ほ「よかったら、何か食べて帰らない？」
編「いいですね」
ほ「この近くにおいしいラーメン屋があるんだけど……」
編「いいですね！」
あまりにも嬉しそうな反応が返ってきたので、びっくりした。
ほ「ラーメン好き？」
編「好きです。昔は妻とよく行きました。でも、今はなかなか食べられなくて」
ほ「どうして？」
編「子どもができてから、妻の意識が突然高くなって、我が家ではラーメン禁止になってしまったんです」
へえ、と思った。彼の家には確か幼い三姉妹がいたはずだ。
編「だから、どうしてもラーメンが食べたくなったら『今日は打ち合わせで遅くなります』と家に連絡を入れておいて、一人でこっそり食べて帰るんです」
ほ「へえ、そこまでするんだ」
編「はい」
ほ「犯罪みたいだね」
編「犯罪です」
大変だなあ、と思う一方で、少しだけ羨ましいような気もする。そこまでして食べる禁断のラーメンは、さぞかしおいしいことだろう。

改めて考えてみると、私もたまたま時間が空いて一人で何かを食べる時、高い確率でラーメン屋さんに入ってしまう。つけ麺を注文して、どろどろのスープに麺を沈めながら啜《すす》っていると、なんとも云えない解放感に包まれる。
でも、家に帰ってから、変なことになる。何を食べてきたか妻に聞かれると、二回に一回くらい蕎麦とか焼き鳥とかイタリアンとか、事実とは異なる食べ物を答えてしまうのだ。毎回つけ麺と云うのは何故か後ろめたい。あの心理はいったいなんなんだろう。

編集者氏の「犯罪です」は冗談であり、我が国ではラーメンを食べることは違法ではない。どろどろのつけ麺でさえ合法だ。そのどろどろにさらに自ら絞った生ニンニクを投入する時、これはやばいよと呟きながら激しい高揚感に襲われる。彼の心は、もはや三姉妹の父でも理解ある夫でも優しい恋人でもない。一匹の獣だ。その姿は人間には見せられない、まして愛する者には、ということなのか。

ソウルフードか、ラーメンか？

内澤旬子

長期の海外取材を終えてヨレヨレになって成田に帰ってきたら、とにかく重い荷物をすべて宅配便に託し、身軽になった身体で電車に乗って、ラーメンを食べに行く。寿司でもなく蕎麦でもなく、絶対ラーメンでなければならない。

これまで訪ねた国は三十ヵ国くらいだろうか。食べ物に関しての順応性はかなり高いので、どこでなにを出されても、食べないということはない。カエルだろうがネズミだろうが、牛の生肉だろうが、ラクダのミルクだろうが、そしてどんなに単調な味付けであろうが、食べる。仕事に関係ないときでも、とにかく食べる。

どこの国のどんな食べ物でも、虚心坦懐《きよしんたんかい》に味わえば、どこか美味いと思えるなにかがあるものである。それに帰国したら二度と巡りあわない味と食材なのだと思うと、やっぱり美味さも底上げされる。

ところが基本的に滞在二週間を過ぎると、化けの皮が剝げてくる。暴食と寝不足続きの疲れと、おそらく現地に少し慣れて、ものめずらしさによる高揚が低下してくることも手伝うのだろう。現地ソウルフードの匂いが鼻につくようになる。

プラハの豚の膝の煮付け、イランの羊料理、エチオピアのテフという穀物で作った冷たく発酵したナンのようなもの。なぜだろう。すでにレストランに漂う匂いだけで、もうおなかいっぱいなんですけど。なんか違ったものが食べたいんですけど。

こういうときには中華にいくしかない。世界各国、どんなに貧しくインフラが十分にととのっていない国であっても、中華料理屋だけは、首都に一軒はある。ヨーロッパならどんな田舎町でも一軒はある。

もちろんちょっと経済発展してる国ならば、日本料理店もある。ところが日本料理屋は高いのだ。店の前でメニューを見て呆然とする。接待で使うからなのか、こうして現地食に飽きる日本人観光客続出だからなのか。

そこへいくと中華は安い。高級店しかなかったところもあるけど、大概安い中華がある。現地料理よりも安いところだってある。よっしゃ、気分を変えて、中華行こう、あそこ、バスで通ったあの道に、赤ちょうちんが並んでたよな。

ローマの国際飯店にひとり立ち寄ったのはまだ一九九〇年代前半か。赤いメニューを開くと、noodle soupという文字が飛び込んでくる。お、ラーメンいや正確には汁そばいや中華そば？なんでもいいけど、あるんだね、これにしようっと。ひさしぶりにズズッとスープとともにそばを啜《すす》りたい。ヨーロッパでそば啜ったらダメなんだけどさ。

コースのスープのところにあるのが気になったが、とにかくコレと頼んでみて、のけぞった。チャーハンに付くスープみたいなものに細いパスタの麺がちょろんと浮いてるだけ。そしてしょうゆの味が、妙に甘い。なんじゃこりゃあああ。

二十五年も旅をやっていれば、ソイソースの味が日本とは違うこともわかってるんで、期待もしてないつもりなんだが、行くたびに新鮮ながっかり感に包まれる。このごろはもう微妙な味の中華に出会うこと自体が旅の楽しみの一つになっていたりする。ただ、現地で中華料理を食べた瞬間から、日本の、しょうゆ味の、ネギの香り高い、ジューシーなチャーシューがのった、ラーメンが食べたくてたまらなくなってしまうのである。毎回毎回飽きもせず、その繰り返しとなる。

ああ、帰国したらそのままラーメン食べに行こう。とびきり美味いやつでなくたっていい。行列しないで、すぐに飛び込めるところがいい。でも麺は茹ですぎないで、スープは熱々で、それを思い切り音を立てて啜ってやるんだ!!

ラーメン

内館牧子

私の弟は仕事の関係で、香港《ほんこん》、大連《だいれん》、北京《ぺきん》での生活が通算十四年にも及んだ。そしてこの夏に任期を終えて帰国したのだが、そのとき、私は一応は姉らしく、ねぎらいの一席を設けようと思った。

というのも、私はしょっちゅう女友達数人と買い物ツアーを組み、香港にも大連にも北京にも繰り出し、そのたびに弟夫婦を通訳兼道案内で引きずり回していたのだ。

なにしろ、中国は摩訶不思議な物を売っており、日本でもブームになった「やせる石けん」だの「やせるお茶」だのはもとより、塗るだけで胸が豊かになる軟膏《なんこう》だの、楊貴妃《ようきひ》が使っていた美白クリームだの、小顔になるローラーだの、それはそれはおもしろい。嘘くさいなァと思いつつも、中国四千年の歴史を考えると理由《わけ》もなく効果を確信してしまう。

当然、私や女友達の気合いは半端ではなく、その騒々しさは筆舌に尽くしがたい。

弟は真顔で、

「お前らにつきあってるだけで、俺はやせるお茶なんか飲まなくてもやせるよ」

と言っていたほどだ。

そういうことを考えても、ここはそれなりの日本料理屋で、それなりの懐石なぞを弟夫婦にふるまわねばなるまい。が、弟は言下に言った。

「懐石よりラーメンにしてよ」

驚いたのは私である。実はそれまでにも、一時帰国するたびに、

「ラーメン！　ラーメン食いてえ」

と言ってはいた。だが、真夏の猛暑の中、まさかまたも「ラーメン」と言うとは思ってもいなかった。

結局、赤坂のラーメン屋のカウンターで、味噌《みそ》バターラーメンとビールの宴である。私にしてみれば、なんとも安手な宴なのだが、彼らはいちいち喜ぶ。そのラーメン屋のビールグラスは、酒屋さんが景品として配るコップで、『キリンビール』などと書いてある。が、それを見ては、

「いいねえ！　これこそが正しいビールグラスだよなァ」

と喜び、

「うれしいわよねえ！　日本のビールは冷えてるもんねえ」

と喜ぶ。中国では冷えてない場合が多々あるそうで、冷えたビールを要求するとドボンと氷をぶちこんだりするのだという。中国四千年はやることが大らかだ。

さらに、弟は箸で麵をすくいあげては、

「この縮れ具合は芸術品だ」

と感激し、ついには、

「うまくて涙が出る」

とまで言う。本当に安あがりな夫婦で、姉としては助かる。が、やがて私はおかしいなと思い始めた。ラーメンというのは中華料理だろう。「中華そば」とか「支那そば」と呼ばれるし、中国こそが本場ではないのか。

ところが、弟も妻も、

「ラーメンは日本料理。北京でも大連でも、ラーメンは日本料理店でしか食べられない」

と言う。

私は騒々しい買い物ツアーで中国には幾度も行ったわけだが、そう言われてみると中華料理店で出てくる麵は、日本のラーメンの麵ではなかった。ちょうどソーメンのような麵だった。弟の妻が言う。

「私は中国北部しか知りませんけど、北部、つまり揚子江の北の地域では、あのソーメンみたいな麺が多いの。あれは『面条《メンタオ》』って言って、小麦粉だけの麺です。日本のラーメンみたいに卵や梘水《かんすい》を加えた麺は、大連でも北京でも見たことないわ」

味噌ラーメンのコーンにまで感激していた弟がつけ加えた。

「日本料理店でラーメン食うと、四十元から五十元するんだよ。日本円で五百円から七百円くらいだからそう高くないと思うだろ。だけど、面条だったら三元から四元。四十円から五十円ってとこだから、そりゃ中国人はわざわざ食わないよ。日本人相手だよね」

しかし、味は日本で食べるラーメンとはやはり違うらしい。日本人が作っていたり、日本人が指導したりしている店はともかく、中国人が作る味噌ラーメンは面白いらしい。

「味噌汁の中にソーメン入れたみたいなものもあるよ。それでも中国に住み始めたばかりの日本人がそういう店で食べて、うまくて泣けてくるなんて言うもんな」

日本の男は、本当に日本食によく泣く。私はイタリアでもフランスでも、エジプトでもアメリカでも、そういう男たちをずいぶん見た。どこの国の料理でもへっちゃらという男は頼もしいが、日本食に涙する男は何か可愛い。

それにしても、ラーメンのルーツはおそらく中国であろうが、今や日本独自の料理になっているのだろう。「札幌ラーメン」とか「博多ラーメン」とかのネーミングを考えてみてもそうだ。

こうして弟夫婦に大喜びされたものの、私にはどうも「帰国の宴」をしたという達成感がない。つまり、幾ら喜んでもらっても、ラーメンは人をもてなす料理ではないという思いがある。ラーメンは安くて、大衆的で、汗をかく。ラーメン屋は油でギトギトしていて、景品のコップでビールを出し、店内のテレビで野球中継などやっている。こういうものは、もてなす側の「特別な思い」を示すにはどうもふさわしくない。

私は帰り際に、

「次はおいしいお寿司をごちそうし直すわね」

と、自分のために言っていた。

やがて夏が過ぎ、つい先日のことである。

私は三十代のカッコいい男と食事をしていた。彼は本当にハンサムで、鍛え抜いた体が美しく、どれほど遊んでいるだろうと思わされるヤツである。スポーツマンの父上に幼いころから鍛えられ、彼自身も海外にスポーツ留学したほどのキャリアを持つ。

その彼が、何を思い出したか食事中に唐突に言った。

「僕、本当に好きな女には必ず振られるんだよな……」

これほどすてきな男を振る女なんて、そんなにいるかしらと思っていると、彼はポツンと言った。

「ラーメンのせいで……」

どういう意味かと測りかねている私に、彼は言った。

「僕の原点ってね、汗くさくて汚い場末のジムと、ガード下のラーメン屋なの。そりゃ海外留学もしたし、華やかな場が全然なかったとは言わないけど、僕はいつだってあの小汚いジムと、ガード下のラーメン屋を背負って生きてきたと思ってる。ジムの帰りにラーメンかっこんでると、天井の上をガタンガタンって電車が通って行くんだよ」

彼は、本当に好きになった女には言うんだそうだ。

「明日、特別なところに連れて行く」

すると、彼が言うには、

「十人中十人の女が、一流ホテルのスイートかムードのある一流レストランだと思いこむんだよ」

しかし、彼は自分の原点を見せたくて、知ってほしくて、場末のジムに連れて行く。その後、頭上をガタンガタンと電車が走るラーメン屋に連れて行く。

「女はその瞬間、僕にさめるんだ。露骨にイヤな顔をする女もいたし、『これが原点じゃ私とは合わないわ』と、遠回しに言う女もいたし」

むろん、彼は今も独身だ。場末のジムと、ガタンガタンのラーメン屋を理解できない女とは一緒に暮らせないと、まるでモデルのような姿形で言い切る。

しかし、安くてギトギトで汗だくのラーメンは、若い女たちにとって「特別な思い」を示す小道具にはなり得ないのだろう。無理もない。

私がそう言うと、彼はいささかくやし気に答えた。

「僕、見ためより真っ正直なんだよなァ。嘘も方便で一流レストランに連れて行くこともできるけど、そんなのはまがいものの僕だしなァ」

中国ではインスタントラーメンのことを「方便麵」と呼ぶそうだ。ラーメン屋での「帰国の宴」の最中に、弟が味噌ラーメンをかっこみながら、

「中国にも方便麵はあるけど、あれはやっぱりまがいものだよ。すぐあきて、イヤになるもんな」

と言っていたことが重なり、妙におかしかった。

午後二時のラーメン屋

東海林さだお

午後二時ごろのラーメン屋はいい。

すいているし、なんかこう、店内がしみじみしている。店主は顔つきがしみじみしているし、寸胴鍋の湯やスープもしみじみ煮えている。

昼めしどきの喧噪《けんそう》が終わって、そのあと始末も一段落し、カウンターなんかも拭き終わって、コショウや箸立て《はした》の位置も正し、ようやくホッと一息つく、というのがちょうど午後二時あたりになるからだろうか。

このころにラーメン屋に来る客は、大体しみじみした客で、しみじみした客がしみじみした声で「ラーメン」と注文する。

まず水の入ったコップがくる。

この水もなまぬるい水で、コップがビタビタに濡《ぬ》れていたら、これからのこの店における〝ラーメンのひとときは〟決して明るいものにならないだろう。

店主は、重なっているラーメン丼の一つを取りあげ、所定の位置に置く。

この丼がビタビタに濡れていて、しずくがたれるようであれば、これからのラーメンのひとときは、ますます暗くなったと思ってさしつかえない。

その店のラーメンのおいしさは、容器のビタビタ度に反比例すると言われているからだ。

ラーメン屋の主人は、特に張りきっているわけでもなく、かと言って沈んでいるわけでもない、という人が多い。

人生に大きな希望を持っているわけではないが、決して失っているわけでもない。適度の勤勉、しかし適度の手抜き、しかし適度の誠実、といったものを感じさせる人が多い。

さて所定の位置に置いた丼に、店主はオモチャみたいな小さなヒシャクでタレをひとすくいすくい、適度の誠実と適度の手抜き的態度でもって丼の中に入れる。

化学調味料を入れる。

きざんだネギを入れる。

そうしておいて、麺のほうにとりかかる。「島田製麺所」なんて書いてある平べったい箱の中から麺をひとたま取り出し、もむような、ほぐすような動作をし、それを大量の湯の中に入れる。

太くて長い箸で、湯の中の麵を、右に左にときほぐしてやる。

これらの動作を、客は、カウンターの下から取り出した〝ホッチキスでとめたスポーツ新聞〟を読みながら、それとなく観察している。

店主の麵をもむ動作に愛情がこもっていたか、タレを丼に入れるとき、なげやりな態度はみられなかったか、そういった点をチェックしているのである。

客が気にしている点はただ一点、「この店主はオレのラーメンを根性入れて作っているか」という点である。

ホッチキスポーツに半分目を注ぎながら、あとの半分はそっちのほうも監視しているのである。

麵を入れた鍋に木のフタをする。

フタをして店主はここで少し休めの姿勢。

静かで、しみじみした、午後二時の店主と客の二人だけの沈黙のひとときが流れる。

換気扇の音だけが、湯気とともにあたりに流れる。

ややあって、店主はチャーシューの容器を引き寄せる。

一本のチャーシューのかたまりを取り出し、まな板の上にのせて包丁をかまえる。

このとき、静かだった店内に緊張が走る。店主も少し緊張する。

ホッチキスポーツを構えてはいるものの、客は緊張して横目でその動作を見守っている。

どういう肉質か、厚さはどのぐらいか、一枚か二枚か……。

包丁がストンとおろされ、切られた一片がパタンと前に倒れる。

店主は残りを容器にしまう。

この店のチャーシューは一枚だったのだ。客は少し落胆し、小さなため息をつき、ホッチキスポーツをガサガサめくる。

次に店主はヒシャクを取りあげる。

大きなヒシャクだ。寸胴鍋からスープをすくって丼に入れるスープ用のヒシャクだ。この大きなヒシャクはなぜか頼もしく、客は思わず「頼むぞ」と心の中でつぶやいてしまう。

大きなヒシャクで、大きな寸胴鍋からスープをナミナミとすくって丼に投入。

このナミナミ感がいい。

それまで、小さく黒くひっそりとよどんでいた丼の中のタレは、たちまち上を下への大騒ぎになる。

熱いスープは丼の中で逆流し、湯気は立ちのぼり、ネギはさか巻き、化学調味料は溶け、飛沫《しぶき》はとびちる。

一杯のラーメンは、このように着々と製作されつつある。チキスポ（ホッチキスポーツの略）の陰からこれらの進行を盗み見つつ、客は「ここらあたりが中盤のヤマ場だな」と思う。「先は見えたな」と思う。

ここまでくればもう安心だ。夜明けは近い。

このように、わがラーメンの製作過程を逐一目で追いつつその出来あがりを待つ、というのがカウンター式のラーメン屋の楽しみの一つである。

カウンターではなく、テーブルにすわってじっと待っていると、突然、できあがったラーメンが目の前に置かれる、という場合と比較してみると、その違いがよくわかる。

店主はここで麵の鍋のフタを取る。

麵を一本箸ですくって、指でつぶして麵のゆであがりぐあいを見る。見て再びフタを閉じる。

もうちょっと、というところらしい。

〝一発でＯＫがでなかった〟というところに真剣味が感じられる。

どうやら店主はわがラーメンを根性入れて作っているらしい。チキスポの陰で客の口元がほころぶ。

一呼吸あって、店主は意を決したようにフタを取り、麵すくいと箸をあやつって麵を残らずすくいあげ、チャッチャッチャッチャッと湯を切り、丼の中に静かに慎重にすべりこませる。

（スープが入った。麺も入った。次はいよいよ具だな）

このあたりになると、客はチキスポを構えてはいるものの、心はもはやチキスポにはなく、98％ぐらい丼のほうに移っている。

いま開いているページでは、田淵監督がどうかしたらしいし、桑田投手も何かしたらしいが、いまはそれどころではない。

まずチャーシュー、次にシナチクの順で具が麺の上に置かれる。

最後にハラリとノリを一枚。

これを店主は片手でつかんで、カウンターの一段上のところに置く。

客はそれを、賞状を押しいただくように両手で受けとってカウンターに置く。

ラーメン丼のやりとりは、「店主片手、客両手」がこういう店のきまりである。

まちがって片手で取ってはならない。

片手で取ると手がふるえて頭からかぶる危険がある。

酒のあとのラーメン

村松友視

ラーメンの変遷《へんせん》を辿り直してみると、おそろしいほどの展開の連続だったと痛感させられる。まず、街の小さな中華料理屋のメニューのひとつであった中華そばから、そば屋など和風の店でも出すようになり、やがてインスタントラーメンの流行を経て、ラーメン屋という独立した商売が歩き始めた。

そこから先はやれ札幌の味噌や塩、博多屋台のとん骨、尾道やら四国やら会津やらの特徴が打ち出され、それに新興の売れっ子店が加わったりして凄いブームだ。東京風ラーメン、和風などというノスタルジアも復活し、ラーメン業界は依然として華やかさをきわめているようだ。

雑誌のラーメン特集や、宅配のラーメンも目立ち、昭和二十年代のラーメンさんに感想を求めれば、とまどいの言葉が返ってくるだろう。

かつて私は、札幌のラーメンは味ではなく、帰るための儀式だと言ったことがある。あの不夜城のごとき街では、次から次へと酒を飲む店があり、ハシゴの歯止めがきかない。「もう帰ろうよ」は成り立たないから、「ラーメンでも食おうか」が帰る意志を確認する儀式となっているというわけだ。そこで、私はラーメンと酒の相性のよさを考えた。酒を飲みつづけたあと、たしかに帰る儀式という目的はありながら、ラーメンを食べることに異議を唱える者がいないことに気づいたところから、その考えはスタートした。つまり、酒のあとのラーメンは絶対に旨い！　ということなのだ。

たまに、昼ごはんにラーメンを食べることがあるが、食べる前と食べたあとの気分に、かなりの落差があった。昼食というほどではないが、少しは腹に入れておかないと……という気分でラーメンを選んだのだが、どこか満足感が欠如していて、思ったよりヘビーなのだ。

そこで、ラーメンを旨く食べる条件として、その前に酒をしこたま飲んでいるということが、好条件であり得ると思ったのだ。朝起きたてならば、ラーメンより湯麵の方がいいし、夕食に酒抜きでラーメンというのもちょっと物足りない。ラーメンを食べながらビールを飲んでもよいのだが、やはりかなりの量の酒を飲みつづけたあとのラーメンがいい。

考えてみれば、あの不夜城たる札幌ススキノで飲み歩いたあとの、帰る儀式と思っていたラーメンの食べ方は、偶然にも私にとって理想的なやり方になっていた。そして、酒と夜更かし、寝る直前のラーメンこそ、軀《からだ》にもっとも悪いのは、理の当然というわけであります。

タナトスのラーメン――きじょっぱいということ

千葉雅也

酒を飲んだ後になぜラーメンを食いたくなるかということについて、様々になされている科学風の説明は措くとして、僕は最近、あれは一種の「死の欲動」の発露ではないかと考えている。さんざん酔っ払うというのは、死に近づくことである。自殺ごっこである。生きて考える、生きるために考えることをどうでもよくする。そして、締めのラーメンを食べ、満足して、眠る。さんざん飲んでラーメンで締めてそしてベッドに倒れ、仮死状態になる。ラーメンは、何を締めるというのか。生を締めるのである。あるいは、性を。新宿二丁目の仲通りに面して在る、相当にしょっぱい味噌ラーメンを出す店が気に入っている。スープがどんぶりの縁まで充ち満ちて巨大な味噌汁のようであり、わずかなネギとメンマ、小ぶりのチャーシューが中心に狭く島を成している。僕は、単純に強いしょっぱさに圧倒される。旨みのハーモニーはどうでもよい。きじょっぱいだけであるもの。きじょっぱさによる痛打。きじょっぱさの海に、倒し落とされたいのだ。きじょっぱさの「死海」に倒し落とされ、塩漬けになる＝仮死になるのである。

自分を塩漬け肉にする。生ハムになって眠るのだ、あの頃の若さで。

アンチエイジングとは、自分を塩漬けにすることである。

東京から大阪に移住して三年目になるけれども、納得のいくラーメンは見つけられていない。大阪のラーメンには独特の甘みがある。砂糖を足しているのかと訝しむほどである。「からさ」の角を丸めている。僕は、西日本における「からい」の用法にいまでも慣れていないし、慣れるのを拒否したいとさえ思う。塩「からい」のは、僕にとっては〈しょっぱいという固有の観念〉でなければならないのであって、言葉において＝象徴的に、しょっぱい（塩からい）を、唐辛子による「からい」にオーバーラップさせることなど、許容できはしない。ピリピリして発汗する「からい」は、僕にとっては、遥かなる南の（または大陸の）事柄であり、対して、しょっぱいという質は、いや、きじょっぱいという質は、僕の生地である北関東に連合されている。単純に鋭角なるきじょっぱさは、僕の十八歳までの日々を、まさしく塩漬けにしている。結晶化しているのだ。塩漬けで維持された少年時代を溶かしたかのようなスープを舐める――新宿二丁目の午前二時、少年時代のループとしてのきじょっぱいスープという死海において、自殺ごっこをしている。

　死の欲動＝タナトスとしての、塩漬けになること。無機物になること。逆に、甘みを欲するのは「生の欲動」ではなかろうか。糖の、脂肪分の甘み（母乳の）。甘みのエロスとしょっぱさのタナトスを対置してみる。食事というものは、広義に「あまじょっぱい」ものだ。甘みのある穀類を、塩気（と甘み）のあるおかずと一緒に食べるのだから。あまじょっぱい、それは、生と死の、有機と無機の、エロスとタナトスの往還に他ならない。食事は、死に近づこうとする自己破壊の実験でもある。満腹になって眠くなる（あるいは、セックスをして眠くなる）。満腹になって仮死状態になる。食事は、生きて考える持続を中断することである。生きて考えることに疲れ、倒れ込むようにしてなされる食事は、実質的にエネルギーの回復であっても、形式的・儀式的には、死のシミュレーションでありうる。労働の後で、もういい、もうだめだと、食事へ倒れ込むのである。逆に、食事を死のシミュレーションにしない＝生の持続をそのまま延長するためには、食べすぎてはいけない、つまり、眠くならないように調整する（労働の前の少しの朝食、労働の途中に補給する糖）。

　大阪にいて僕は、タナトスのラーメンを懐かしく思わざるをえない。大阪のＢ級グルメは甘みの芸である。ソース味のたこやき、お好み焼き、油の甘みに包まれた串揚げ……驚いたことに、カレーもすこぶる甘い（有名な「インデアンカレー」の、子供向けのような甘さと、スパイスの「からさ」の並立）。他方、きじょっぱいというのも、上品ではないどころか鄙《ひな》びているわけであり、とすれば、甘みの＝エロスのB級グルメに対比して、僕は、しょっぱさの＝タナトスのB級グルメをめぐる愛憎を語っていることになろう。甘塩で脂っぽい鮭ではなく、辛塩のパサパサした鮭に投票すること。

東京に行くたびに、タナトスのラーメンを確かめようとする。自分を無機物の破片にする（北）関東的な否定性、としてのきじょっぱさに圧倒されようとする。尻上がりの否定性――としてのきじょっぱさ。年末には、東海道新幹線から東北新幹線に乗り継いで、宇都宮に帰省した。大宮から乗ってきた中年男性が、満員の車内を見るや否や「だーめだ」と尻上がりに吐き捨てる。鼻をかんだティッシュでも放り投げるようなその諦念のイントネーションは、ただちに、深さにおいて東北の地霊に完敗しており、速度において首都を羨望するしかない北関東の中途半端さ、それゆえの消極性が、僕においても塩漬けになっていることを意識させたのだった。きじょっぱいラーメンのスープを舌頭でループさせて僕は、塩漬けにされたあの頃の理想の破片を、僕自身のなかに吐き捨てる――やいなや啜り直し、そしてふたたび塩漬けにするのだ。

屋台のラーメン

林静一

母はあまり外食を好まなかったが、僕がねだるとしぶしぶつきあった。あの当時の子どもが外で食べるものといえば、お子さまランチをおいてほかになかった。

自動車や船の容器にオムライスがのり、その中央に旗が立ててあって、この旗がもらえた。ただでもらえるものはなんでも嬉しいから、食べる前に引き抜いて手元に大事に置いておくが、家まで持ち帰ったためしがなかった。いつもどこかでなくしてしまうのである。

僕の子どもたちもお子さまランチが好きで、外食するとよくこれを注文した。旗を大切に持って帰ろうとするところも同じなら、途中でなくしてしまうところも僕と同じであった。

このお子さまランチのオムライスは、家でも母がつくってくれた。型抜きで形が整えられて、中央にグリーンピースがのっていた。

そのレストランと同じような盛り付けのオムライスを食べると、外食した気分になり、ちょっぴり贅沢な気持ちになったものである。

いまでは家庭の料理も盛り付けがきれいになって、レストランと変わりがなくなった。いや、へたな店より家庭料理のほうが、器も盛り付けも上である。かえって盛り付けのへたな店のほうが、当時の家庭を懐かしく思い出させてくれたりするから、このごろはあべこべになって妙な気分になる。


外食を好まなかった母だから、外で一緒に食べた記憶があまりない。いつも僕だけが食べていて、母はその僕を見ながら「おいしい?」と訊ねている記憶ばかりである。おとなになってからも母を食べに連れ出し、「食べたいものは?」と訊ねても、「別に」と言って首を横に振った。

総じて母は小食だった。理由は太ることを恐れたからである。しかし、だからといって外食を嫌う理由にはならないはずで、外食を嫌う理由がいま一つわからなかった。

ただ一度だけ、料理店の不潔さを口にしたことがある。引き揚げてからしばらく、母は職業を転々とした。そのなかに料理店の厨房での仕事があったらしく、米櫃《こめびつ》のなかに鼠やその糞《ふん》が混じっていたことや、ゴキブリなどがうろうろしていたことなど、厨房の汚なさを話していたのを覚えている。

しかし一度だけ、母から食べようと誘われたことがある。小学三、四年のころだったと思う。当時、近くの風呂屋が休みのときは、サンモール商店街のなかほどを右に入ったところにあった風呂屋に行っていた。この風呂屋の前に、支那そばの屋台があった。風呂屋から出ると屋台のそば屋で、母は食べて帰ろうと僕を誘った。

食べたのは海苔と支那竹《しなちく》、鳴門《なると》に青物が入った醤油味のごく簡素なもので、僕はいまでもこのラーメンが好きである。寒い冬の夜だったから、風呂で温まった母の体が温かいラーメンを欲したのだろうか、親子並んで屋台のラーメンを食べた。

こう書いてきて、母とラーメンにまつわる記憶が、もう一つ蘇ってきた。時代は前記の屋台のラーメンよりも新しい。小学五、六年のころである。場所は千葉の海岸あたり。風が強い日で、母の着物の裾《すそ》や袂《たもと》がはためいていた。

この海岸で、よく海辺にあるような食堂へ入った。注文したラーメンを食べたところ、あまりのまずさに母と顔を見合わせてしまった。目の前の海水をそのまますくってきたような、塩辛いスープのラーメンであった。こんなまずいラーメンを食べたことは、その後、二度とない。

屋台のラーメンはいまも健在で、いや一九九〇年代の初頭にバブル経済が終わりを告げてから、ますますその手軽さ、気軽さがうけて、隆盛をきわめている。しかし、いまの屋台のラーメン屋にないものが、当時の屋台のラーメン屋にはあった。チャルメラの音である。

チャルメラといえば若い人は、昭和四十一（一九六六）年、明星食品から発売されたインスタント・ラーメン「チャルメラ」を思い出すだろうが、チャルメラとは、屋台を引くおじさんが手に持っているラッパのことである。

チャルメラは辞書によると、十六世紀ごろ、ポルトガルより伝来したとあるが、屋台の中華そば屋のチャルメラは中国伝来の哨吶《しょうとつ》系統で、ポルトガルのとは違うらしい。『江戸商売図会』（三谷一馬《みたにかずま》著）には、明和七（一七七〇）年の絵本『英一蝶画譜《はなぶさいっちょうがふ》』からの模写「唐人飴売り」が載っていて、この飴を売る男が呼び込みにチャルメラを使っている。その衣裳がポルトガルのものとなっていて、飴を入れてある箱の上部に飾ってある人形が中国人の服装となっている。見事にチャルメラの渡来先、二国の意匠が融合している絵である。

チャルメラの音色は細く高く、夜の街によく響いた。哀愁があり、夜が深まったと実感させる音であった。

チャルメラの音を最後に聞いたのは、昭和四十（一九六五）年ごろで、場所は有楽町の毎日放送が入っていたビルのなかだった。ひとけのない深夜のビル街から、突然チャルメラの音が響いてきた。こんな夜更けのビル街になぜ支那そば屋が、といぶかったが、時代は高度経済成長の只中である。もしかすると僕たちのように、徹夜で仕事に励んでいる人がこのビル街には結構いるのかもしれないと思った。それにオフィス街は、深夜になると開いている店はなく、陸の孤島となる。だから意外と、需要があるのかもしれないと、しばし仕事の手を休めて聞き入ったものである。

チャーシュー麵というのも好きである。チャーシュー麵はラーメンより焼き豚の量が多いから、当然ラーメンより値が張る。若いころは金がないから、金が入ると食べられる特別な食物であった。

ラーメンのときは最後に食べる焼き豚も、チャーシュー麵のときは最初から食べたりする。そこが豪華だと思った。あーあ幸せだ、そんな言葉が、声には出さないが口から出た。小さな幸せを、実感させてくれたソバである。

冷やし中華というのも、子どものころからあったのか知らないが、好きである。夏が近づくと、ラーメン屋の店内に短冊形の告知が出る。いわく、〝冷し中華あります〟と。

焼き豚、鳥肉、胡瓜、卵などが短冊に切ってあり、玉蜀黍《とうもろこし》や若布《わかめ》がのっている。紅生姜がふりかけられていて、見た目にも卵の黄色と若布の緑、生姜の赤と美しい。

一九七〇年代に、八〇年代の蘊蓄《うんちく》と気取ったグルメ論争とは一味違う、冷やし中華論争なるものがあった。

中心にいたのはジャズ・ピアニストの山下洋輔氏で、「全日本冷やし中華愛好会」(全冷中)の会長でもあった。論争の経緯は定かではないが、「全冷中、革命派」とか「全冷中、なると派」などと銘々が名乗り、つい数年前に終焉した学生運動(もちろん、パロディではあるが)を模した論争であった。たかが冷やし中華、されど冷やし中華といったこだわりの論戦は、あることないことつき混ぜて、思わず噴き出す内容であった。

その全冷中会長、山下氏にいわせると、冷やし中華の源流は、古代バビロニアにあり、現在でもミュンヘン郊外の僧院では、ドイツ風冷やし中華、カイザー・ウィルヘルム・ゲゼルシャフト・ミット・クラウトがあり、スイスの山岳民族には、氷河の上に麺とツユをぶちまけて、氷を頭でかち割って食べる、エーデルワイス・ポレントロケという冷やし中華の文化があるという(『モーツァルトの目玉焼き』小田晋著)。もちろん、山下氏の説はまっかな嘘だが、妙に生真面目でおのぼりさん的な八〇年代のグルメ論に比べると、僕にはずっと面白い。

また、この冷やし中華というものは、高級店で食べると、あまり旨くない。値段もそこそこであるから、具や麺、スープなど、吟味した材料でつくられているのだろうが、うん? と小首を傾げてしまうものが多い。どこかが違うのである。

だから僕は、焼き豚が生ハムに代わっていようが、もやしソバの具、もやしが麺に紛れ込んでいようが、心安い店で食べることにしている。冷やし中華は、安物にかぎるのである。

焼き餃子とタンメンの発見

片岡義男

焼き餃子とタンメンは、東京・大田区の町工場地帯が発祥の地だと、ごく最近、人から聞いた。その人は戦後の大田区に生まれ、そこで育った人だ。地元の戦後史はよく知っているし、趣味で研究もしている。彼がそう言うからには、彼なりの確かな根拠があるのだろう。少なくとも僕にとっては、やはりそうだったかと、たいへんすんなりと納得の出来る説だ。したがって、焼き餃子とタンメンは戦後の大田区の町工場地帯で生まれたものである、という彼の説を僕は信じているし、いま書いているこの文章は、その上に立っている。

戦後の復興とそれに続いた高度経済成長という、明日を信じて額に汗して働いた日本を東京で担ったのは、大田区に密集していたさまざまな町工場群の、創意工夫という開発力と、そこから現実に製品を作り出した生産力だった。この工場地帯で働いた十代から三十代くらいまでの、もっとも盛んに食べる年齢の工場勤労者およびにその周辺の労働者たちの食事の定番として、いつどこからともなく自然発生した料理の代表が、焼き餃子とタンメンだったという。

どちらも一般的な認識としては、いまでも中華料理だろう。中国へいけばどこにでもあるものだ、とかつては僕も思っていた。焼き餃子は大連《だいれん》のものだと聞いたことがあるが、大連にそのような料理はないという説も、どこかで聞いたか読んだと記憶してもいる。餃子そのものは中国のものだ。前もって大量に作っておき、昼食や夕食の若い客の注文に応じて、大きなフライパンで次々に焼いては、白いご飯とともに供するというスタイルは、大田区の工場地帯のものなのだ。

小皿に醬油と酢と辣油《ラーユ》を入れてかき混ぜ、嚙みちぎった餃子の一端をひたしては口に入れ、白いご飯をかき込んでいっしょに嚙むという餃子ライスは、まさに若い肉体労働者の食事ではないか。タンメンはいまあまり見ない。ごく標準的なラーメンから具をすべて取り除き、そのかわりにキャベツのラード炒めを、盛り上げたように載せたもの、と思えばいい。このタンメンは餃子ライスを補完する位置にあるのではないか。いつも餃子ライスではさすがに飽きるから、たまにはタンメンというわけだ。餃子にタンメンという組み合わせも、もちろんごく日常的なものだ。

焼き餃子とタンメンを僕が初めて体験したのは、大学二年生の後半になってからのことだった。食事は自宅でするもの、というしつけを幼い頃から受けてきた僕にとって、外食は全般的に言って日常のきまりから逸脱したことであり、ちょっとお腹が空いたから蕎麦屋に入るというようなことは、ほんの少しだけ誇張して言うなら、異常事態だった。だから大学生になっても、僕は外食になじめなかった。学校の周囲には食事の店がさまざまに数多くあり、友人たちがきわめて気楽にそんな店に入っては食べるのを、僕は奇異なものとして受けとめていた。友人たちの多くは地方から出て来た人たちであり、下宿やアパートでひとり暮らしをしていた。だから外食は、彼らにとっては、それなしでは生活することの出来ない、基本的な条件だったのだが。

講義が朝からでも午後からでも、僕は食事を自宅で食べていた。午後の三時過ぎには講義は終わるから、かなり寄り道をしても、夕食の時間には自宅に帰っていることが出来た。そんな僕でも、二年生の後半にもなると、少しずつ外食するようになった。蕎麦、ラーメン、寿司、トンカツ、カレーライス、メンチカツ、牡蠣《かき》フライなど、いろんなものを食べたが、発見したと言っていいほどに好んだのは、焼き餃子とタンメンだった。

大学生だった自分は、なぜ焼き餃子とタンメンを発見したのか。けっして味や食感だけで好んだのではない。もっとなにか深い理由があったはずだ、という謎を僕は長いあいだ自分の内部に持ち続けた。焼き餃子とタンメンは大田区の町工場地帯で、若い労働者たちの必要に応えて生まれたものだ、という説を知った瞬間、その謎はあっさりと解けた。

東京の私立大学の文科系という、無風地帯の典型のただなかで、先送りモラトリアムのはしりの日々を送っていた僕ではあったけれど、人としての基本的なルーツは労働者そのものであり、したがってモラトリアムが明ければただひたすらなる労働の日々を引き受けるほかないという、宿命的に労働者である自分が、潜在的労働者であった頃にまず最初に見つけたのが、腹にかき込む飯としての、焼き餃子とタンメンだった。

モラトリアムが明ければ、そこには労働が待っている。労働とは生きていく苦労のほとんどすべてのことであり、そのような苦労はたいていの場合は仕事というかたちをとる。焼き餃子とタンメンを発見した頃から四十年ほどが経過しているが、それだけの時間のなかで僕がおこなってきたのは、労働以外のなにものでもない。そして僕はそれが好きだ。焼き餃子とタンメンが好きなのと、まったくおなじように。

日本ラーメン史の大問題

丸谷才一

徳川光圀《とくがわみつくに》といふ人には、長いあひだ反感をいだいてゐた。修身の教科書に手足がついたやうな堅物で、どうもおもしろみがない男だなあ、と思つてゐた。いや、さらには厭《いや》な男だなあと思つてゐた。念のためちよつと言つて置きますが、わたしはテレビが嫌ひで、横浜ベイスターズの試合のときしか観ないから、評判の黄門廻国記は見物したことがない。従つて葵の御紋とか助さん格さんとかが気に入らないせいでかう言ふのではない。もつぱら本を読んでムカムカしてゐたのだ。

そのムカムカの理由を記しませう。

以前に読んだ『徳川光圀言行録』といふ本によると、紀州の姫君にお松様といふ絶世の美女がゐて、どういふわけか、若いころ光圀とお松様の二人は同じ邸内に住んでゐて、朝夕むつまじくしてゐた。当然、と言つてはをかしいかもしれないけれど、お松様は光圀さんに恋ひこがれるやうになつた。何しろ彼はなかなかの美男だつたのである。そしてこの邸の女主人は、お女中たちと相談して、二人をいつそう親密な仲にしようと企て、光圀さんが庭の茶室で一人、書見など致してゐるとき、そこへお松様をゆかせた。しかし光圀さんは手を出さないで、かういふことがあつていいものか、早くお帰りなさい、わたしも帰りますと促した、といふのだ。

ここまではまあ、いいとしよう。何といふ勿体ない話だ、とか、世の中には恐しい朴念仁《ぼくねんじん》もゐるものだなあ、とか、いろいろ感想は浮ぶけれども、それはまあ些末な感想にすぎないとする。男女愛欲のことは一筋縄ではゆかないもので、たとへ美人であつたつて気に入らない場合もあるかもしれない。だから、手を出さなかつたと言つても咎めるわけにはゆかないだらう。腹が立つのはこのさきである。

光圀さんはこのことを後日、家臣に語つて、

「同姓めとらぬ聖賢の作法を破るのは無念なことだからなあ。畜生の仲間にはいらなくて本当によかつた。戦場に出て討死するのは立派なことだが、これはする人が多い。しかし男女の欲におぼれない人は稀である。われながら、自分を褒めてもいいやうな気がする」

と言つたといふのだ。

この理屈、何から何までをかしい。

第一に、女から言ひ寄られて振つたあとで、そのことを他人にもらすのは下等な行為である。お松様の名誉は一体どうなるのだ。男の風上に置けない人ですね。かういふことは、しやべつてはいけないのである。

第二に、たとへ何かの拍子でついうつかりもらしたとしても（かういふ譲歩した言ひ方はをかしいかもしれないけれど、しかしまあ、男はだらしがないものだから仕方がない）、振つた理由としては別の理由を言ひ立て（つまり、その日は風邪気味で元気がなかつた、とか、女の人の着てゐる着物が気に入らなかつたとか）、今にして思へば惜しいことをしたなあと残念がるべきである。聖賢の道なんてものを引合ひに出すのはいけない。

第三に、同姓めとらずといふ中国の道徳を日本に機械的に当てはめようとするのは愚しい。そんなことを言へば、光圀さんの親類である徳川家の人々には、同姓をめとつた畜生同然の者がいつぱいゐることになるぢやないか。光圀さんの細君は近衛《このえ》家の姫君だが、この藤原家なんか、同姓をめとりあつてつづいて来た家柄ぢやないか。

第四に、戦死した者と色欲にふけつた者がどうのかうのなんて言つてゐるが、この二つをこんな具合に並べるのはをかしい。男たちが討死ばかりして、色恋を慎んでゐたら、人類はとうの昔に、恐龍やマンモスみたいに絶滅してゐた。みんながあまり戦死しないやうに努め、せつせと色の道に励んだからこそ、人類はいまだにつづいてゐるのである。

そして『徳川光圀言行録』はこの話につづけて、

「公天性色欲の方には御執着なかりし、常に仰せられけるは、御一生人に恋忍び給ひし御事なし、たはれたる夢御覧ありたる事御一生涯になし」

と書いてゐるのですね。

それはまあ、さういふ人もゐるだらうとわたしは思ふ。要するに色気がつかなかつたのだ。大勢の人のなかに、かういふ人だつてゐるのは当り前で、何も騒ぐことはない。そして、色気がつかなかつた男が女性関係であやまちを犯さなかつたことを、この本の著者のやうに讃美するのは筋違ひではないか。ここに酒も煙草も大嫌ひな男がゐて、一生、禁酒禁煙を通したつて、何も褒めることはない。脱帽したり敬服したりすることはない。そんなことに感服するのは、納豆が嫌ひな人が納豆をこんりんざい口にしないのを見て、ああ偉いなあ、人格者だ、頭が下るなんて尊敬するやうなもので、ただ馬鹿ばかしいだけである。と言つても、もしここに女が好きな男がゐて、思ひ立つて女断ちをしたからと言つて、別に道義の手本のやうに言ふ必要はありません。それは、納豆好きの男が納豆断ちをしたつて、ちつとも偉いことにならないやうなものなのである。妙な努力をしてゐるにすぎないのだ。

といふやうなわけで、光圀さんに対するわたしの評価はすこぶる低かつた。共に語るに足りない詰まらぬやつだと思つてゐた。

ところが最近、事情がほんのすこし違つて来たのである。しかしそれについて語るには、いま大評判だといふ新横浜ラーメン博物館の紹介からはじめなければならない。

これは東海道新幹線の新横浜駅北口に開館したもので、非常な人気を博してゐるといふ。全国からよりすぐつた名店八店が店を出してゐますが、昭和三十年ごろ、つまり高度経済成長以前を模したなつかしい町並にその八店があるといふ趣向が受けた。わたしはゆきませんでしたが、「オール讀物」の明圓《みようえん》一郎さん撮影の写真によれば、たとへば「熊本ラーメンこむらさき」といふ赤地に白字の看板がかけてある上は二階の窓で、白い下着が二枚干してある。泣かせるねえ。下着二枚の上は鶴亀大映といふ映画館の絵看板で、長谷川一夫、市川雷藏、山本富士子、淡島千景の『鳴門秘帖』(ラーメンとナルトの関係を重んじて、それでこの映画にしたのでせうか)。鳴門の渦を背にして、法月弦之丞《のりつきげんのじよう》と見返りお綱。なるほど、郷愁のやうなものがわいて来て、ついでに食欲もたかまりますなあ。お客の長い行列が邪魔で、店内の様子は見えません。

この、こむらさきといふお店は、麺'S CLUB編『ベスト オブ ラーメン』といふ権威ありげな本によりますと、昭和二十九年に開店した熊本市で最初のラーメン専門店。豚骨を白濁するまで煮出したスープに、鶏ガラやキャベツを加へて呑みやすくしてゐる由。そのややあつさりの白濁スープに焦がしたニンニクをふりかける。さらにラードとゴマ油でつくつた調味油も。メンは生煮えかと思ふほど固め。書き写してゐるうちに、何となくゆきたくなつて来たね。

しかし博物館だから、ラーメンの歴史や文化についての展示もある。そのなかに、何と、水戸黄門が食べたといふ日本最古のラーメンのレプリカがあるんださうですね。わたしはこれを聞いて、ほう、光圀さんがねえ、といささか見直す思ひだつた。案外おもしろみのある男かもしれないぞ、といふ気がしたのである。

かう書くと、わたしが大のラーメン好きだと思はれさうだが、別にさういふわけではない。ときたま何かの風の吹きまはしで、ちよいと食べる程度か。あんまり熱意はない。その熱意のなさの證明としては、こんなことが言へる。ここに、山本益博さんの編んだ『東京ポケット・グルメ』といふまことに便利な本があるが、そのラーメンの項にあげる店の数は四十四。そのなかでわたしが行つたことのあるのは、

恵比寿ラーメン（二へん行つた）

田丸《たまる》（ただしまだ権之助《ごんのすけ》坂にあつたころ）

の二軒のみ。つまり〇・〇四五といふ低い打率である。ここでちよつと閑談。と言つても、わたしのこの文章は全部閑談なのだが。打率といふ野球的比喩でとつぜん思ひ出しましたが、恵比寿ラーメンと田丸といふ、住ひの近くの二軒をあげるこの選択は

山藤章二さんの態度に似てゐますね。山藤さんは目黒生れの目黒育ちで、みづから称して目黒モンロー主義といふほど、郷土愛が強く、洋食屋は恵比寿のキッチン・ボン、ラーメンは田丸と固く決めてゐるのである。もしもビールを飲めば、きつとヱビス・ビールにするに相違ないが、これはまあ、アルコールを受けつけないたちだから仕方がない。

ここで話の本筋に戻ります。

ところが『東京ポケット・グルメ』の、そばの部を見ると、四十一店のうち十二店に行つたことがあります。打率〇・二九。もつてわたしが、いかにラーメンに関心がないか、よくわかるでせう。それなのに光圀さんの本邦最初のラーメンといふ逸話によつて彼を見直したのは、つまりそれ以前は徹底的に軽んじてゐたといふことである。たかがラーメンでも好材料になるくらゐ、前の点は低かつたのだ。

ところでその光圀さんの召上つたラーメンのレプリカでありますが、ナルト、メンマ、チャーシュー、ホーレン草、ノリなんてものは何一つのつてなくて、古式床しくただラーメンだけが葵の御紋のついたお椀にはいつてゐる。お膳も葵の御紋入り。さきほどの『ベスト オブ ラーメン』といふ本によりますと、中国人の料理人の作つたラーメンは具はあまりのせないものらしい。東京は道玄坂の喜《き》楽《らく》の主人は中国人で、ナルトなし、メンマなし。煮玉子とモヤシだけがのつてゐる。東京は銀座の味の一の主人も中国人。アブラ身だらけのチャーシューが一枚とメンマとネギ。青味なし、ノリなし、ナルトなし何もなしださうで「殺風景」ださうだが、光圀さんはもつと殺風景なラーメンを食べた。歴史学的に言つていかにもうなづかれることであつて、じつに筋が通つてゐる。しかし、欲を言へば、割箸が添へてあるのは残念だね。ここは一つ塗箸でゆきたかつた。何も塗箸に葵の御紋をつけなくたつていいけれど。

お膳には白い薬味皿がのつてゐます。これには五種類の薬味、すなはち、

川椒《チユアンヂアオ》（山椒）
青蒜絲《チンスアンスウ》（ニンニク）
黄芽韮《ファンヤアヂウ》（ニラ）
白芥子《パイヂエツ》（白いからし）
芫荽《イエンスイ》（香菜）

がはいつてゐるといふ。これは小菅桂子さんの『にっぽんラーメン物語』の第二話「日本で初めてラーメンを食べた人」の受売りなのでありますが、実を言ふとラーメン博物館の黄門ラーメンは、この本から生れたものであつた。（小菅さんは「光圀」を「光国」と書く。）

一体に徳川中期は、中国文化に心酔する傾向が強かつた。たとへば荻生徂徠《おぎゆうそらい》が中国音で漢文を読まうとしたのもそれだし、将軍綱吉が自分で漢籍を講義したのもそれで

ある。庶民の層で言へば、明の亡命者、鄭成功《ていせいこう》の事績を浄瑠璃《じようるり》に仕組んだ、近松の『国性爺合戦《こくせんやかつせん》』が大当りを取つたのも、ここにあげていいかもしれない。さういふ動向の一つとして、光圀の儒学への傾倒があつた。彼は学問に熱中するあまり、長崎に亡命してゐた明の遺臣《いしん》、朱舜水《しゆしゆんすい》を招いて、師事したのである。

これが寛文五年（一六六五年）のこと。ときに朱舜水六十六歳。光圀三十八歳。

朱舜水が八十三歳で亡くなるのは天和二年（一六八二年）。この十数年間のうちに、朱舜水は光圀にラーメンの製法を伝授した、といふのが小菅さんの説なのです。この説に従つて、ラーメン博物館は黄門ラーメンのレプリカを展示し、わたしはそれに感動して光圀に対する評価を改めかけた。しかしここで問題なのは、小菅説が果して正しいかどうかといふことである。

一つじつくりと考へてゆかう。

光圀はもともと、うどんが好きだつた。

「我若き時、江戸浅草辺にてこれを造るを見て、度々その真似をしてその拍子を覚えて、後しば〳〵手製たり」

と言つてゐる由。当時は、そばが江戸の名物にならないころですし、光圀さんは少年時代、遊びに励む不良少年だつたらしいから、うどんの打ち方を覚えることはあり得たらう。

　そして著者は、

「その実力の程は、『大日本史』編さんにたずさわる史局員たちが〝黄門うどん〟と命名したくらいだから、味の程は保証つきだったにちがいない」

　と記す。あの謹厳な水戸の学者たちがこんな軽々しい名前をうどんにつけるものか、本当かね、と小首をかしげたくなるが、これはまあ、出典を知りたい、と言ふしかない。著者はさらに、

「それにしても〝黄門うどん〟とはけだし名言。史局員たちはなかなかのユーモア揃いだったとみえる」

　と言ひ添へてゐるから大丈夫なのだらう。（「ユーモア揃い」は「ユーモリスト揃い」の誤植か。）

　そしてまた、黄門うどんが水戸家の名物であつたことの證拠として、

　一　三拾五文　木莚壹枚
　　右はうどんふみごさえ御用
　　　　御めし方長介

と、水戸家の買物帳に記録されてゐることをあげる。何だか論拠薄弱なやうな気もするが、ひよつとするとこれくらゐでいいのかもしれない。

つまり小菅さんは、光圀は木莚を使つてうどんを踏み、作り、これを振舞ふのが趣味であつたと考へるのである。

ところが、朱舜水が中国から取寄せて光圀に差上げた献上品の品目のなかに、「藕粉《オウフエン》」なるものがたびたび出て来る。これは蓮根《れんこん》の澱粉で、中国では他の澱粉と合せて平打ちの麺にして食べて来た。とすれば、光圀の麺好きを知つた朱舜水は、これを献上したのであらう、といふのですね。うーむ、なるほど。

しかも朱舜水は薬味のことまで教へた。小菅さんはさう言つて、例の五種の薬味のことを言ふのですね。

そしてこの「日本で初めてラーメンを食べた人」といふ章は、次のやうに終る。

おそらく朱舜水は着任早々光国に〝黄門うどん〟をご馳走になり、光国のうどん好きを知って、そのリターン・バンケットのさい、ラーメンを振舞ったのではないだろうか。

いや、きっとそうにちがいない。

だとしたら、いまから百二十二年前（丸谷注・三百二十二年前か）にラーメンをたべた日本人がいた。

それはなんとあの黄門さまだったのである。

わたしはゴリゴリの実證主義者ではないから、あんまりむづかしいことは言ひたくないが、しかしさういふわたしが見ても、すこし詰め方が甘いやうな気がする。納得させる力が弱い。

水戸黄門がラーメンを食べたといふ仮説はじつに魅力的で、われわれの心を刺戟するね。何とかして信じたい。しかしそのためには、この程度の話ではまだ不充分なのですね。小菅さんはわれわれの歴史趣味を満足させるために、もうすこし論證に励まなければならないと思ふ。

といふわけですから、ラーメンのせいで光圀さんを見直すことができさうだといふわたしの意欲は衰へてしまつた。黄門様はわたしにとつて、相変らず、石部《いしべ》金吉《きんきち》の詰まらぬ男にすぎないのである。ああ、残念だなあ。

真夜中のラーメン

北杜夫

わたしは、ラーメンが好きです。

わたしが今まで苦労をしたのは二度ありますが、その一度は、終戦後の食糧難の時期でした。

高等学校時代は、さんざん苦労をしました。サツマイモの買い出しに行って、親切なお百姓さんが、イモのシッポを蒸したものを、

「学生さん、まあ、食べて行きなさい」

と言ってくれたときなど、涙がこぼれそうになりました。

わたしは松本の高校でしたが、その頃は、いわゆる信州ソバという名物のおいしいおソバを、ついに一度も食べることができませんでした。

やがて、わたしは仙台の大学へはいりました。食糧事情は終戦から三年がたち、かなりよくなっておりましたが、それでも配給の米だけではたりず、下宿に米を月に三升とかわたさないと、ごはんをだしてくれませんでした。

わたしたちは、田舎へその米の買い出しに行ったものです。

そのうちに、とうとう何でも食べられるようになってきました。仙台はカキが名物です。下宿でおいしいカキごはんがよく出ました。それから、やはり名物の笹《ささ》カマボコも。

そんなときです。

夜中に、屋台のラーメン屋がまわってきたのは。

わたしたちが試験勉強をしておりますと、チャルメラの音がひびいてきます。

試験の前日は、ほとんど徹夜をしました。つまり、ぜんぜん眠らなかったのです。

わたしはふだん、なまけていたので、そうでもしないと、とても試験を通りませんでした。

あたりまえのことで、真夜中の十二時をすぎると、おなかがへってきます。

そういうときに、なつかしいチャルメラの音がひびいてくるのです。

そのころ、わたしの高校時代からの仲間は、試験のときには、勉強のできる学生の下宿に三人集まって勉強をしました。

そして、夜中に屋台のラーメンを食べに行きました。そのころは、ラーメンのことをシナそばと呼んでおりました。

そういうときの、シナそばの味は、また特別においしかったものです。

そうです。

そのころから、わたしはラーメンが好きになってしまったようです。

休みに東京へ帰りますと、東京では、お金さえ出せばもっとおいしいもの、チャアシュウメンなどが食べられました。

これは焼ブタが六切れくらいはいっていますから、なかなかの御馳走《ごちそう》といってよかったのです。

わたしの父は、ときにはチャアシュウメンを食べに連れて行ってくれたものでした。

父は山形県のお百姓さんの家に生まれ、なんでもつつましい心の持主でしたから、お金を出せばもっとおいしいものが食べられる時代になっていたのに、チャアシュウメンで満足していたのです。

もとより、わたしにとっては、チャアシュウメンはたいへんな御馳走でした。

しかし、人間というものはすぐ堕落するものだと、わたしは思っております。

終戦後は、おなかがへってへって、おイモのシッポを涙をこぼして食べたものでしたが、その後、世の中に食物があふれ、すべてが贅沢《ぜいたく》になってきますと、わたしはもうサツマイモなんか食べなくなってしまいました。

わたしはお酒好きなので、からいものが好きで、甘いものがダメなのです。

それにしても、人間というものは、すぐ贅沢になってしまうものですね。これは、われながら、悲しいことです。

ただ、わたしは飢えた経験がありましたから、毎年、終戦の日には、家じゅう、梅干ひとつを入れたおにぎりだけを食べるようにしました。

ところが、わたしの一人娘は、ふだんはもっとおいしいものを食べていますので、梅干ひとつのおにぎりをかえって喜ぶのです。

それで、わたしは、その習慣もいつしかやめてしまいました。


さて、ラーメンの話に戻りましょう。

わたしは、お医者さんになりましたが、大学生になってすぐ、将来、小説家になろうと自分一人で決めてしまいました。そして、実際に小説を書きはじめました。

それから、無名の作家がはいる同人雑誌というところで小説を発表しました。こういう雑誌は、自分たちがお金を出しあって発行するので、お金が必要でありましたが、もちろん原稿料はないのです。

わたしの小説が、やっと世間で発売されている雑誌に出され、ほんのわずかなお金をもらうことができるまで、ちょうど十年かかりました。

まだ、肝腎《かんじん》なラーメンの話になりませんね。わたしはラーメンはかなり食べてきましたが、本当にラーメン好きになったのは、インスタント・ラーメンが売りだされたころからです。

インスタント・ラーメンは、もちろん本物のラーメンほどおいしくはありません。しかし、便利なものです。ほんの三分間茹《ゆ》でればいいのですからね。

作家といっても、いろんな人たちがおり、ある人は朝から昼間に仕事をします。逆に、ある人は夜型です。

ある心理学者は、人間をヒバリ型とフクロウ型にわけました。ヒバリは朝早く起きて、鳴いております。ところがフクロウは、昼間は寝ていて、夜になってはじめて元気になり、夜じゅう、「ホウ、ホウ」と鳴いています。

わたしは、このフクロウ型でした。起きるのも、とてもおそいのです。ここに書くのも恥ずかしいくらいにですね。

その代わり、夜はたいてい、いくらでも起きていられます。わたしが三十歳代の中頃に、ある長い小説を書いたころ、わたしはたいてい、徹夜をしました。

夏ですと、夜が明けかかって白んできて、ヒグラシの声など聞こえてきます。東京にもまだヒグラシはいるのですね。

そのころになって、わたしはやっと仕事を終わり、ベッドにもぐりこみます。


このわたしのフクロウ型の性格と、ラーメンとがまことによく結びつくのです。

つまり、夜もふけて、十二時を過ぎて翌日となり、午前一時、二時となると、とてもおなかがすいてくるのです。

わたしの妻は、もちろん眠っております。家じゅう、起きているのはわたし一人なのです。

こういうとき、インスタント・ラーメンが役に立ちました。

まず袋を破って、そのあいだに鍋に湯をわかし、ラーメンを入れ、べつにネギをきざみ、焼ブタを三切れほど用意して、さて、三分が経《た》つと、もうできあがります。

ドンブリにラーメンを入れて、寝室へ持って行きます。

ベッドの前に、ちょうどお酒やラーメンがおける台が作ってあるので、そこにドンブリをおいて、ツルツルチューと、わたしはラーメンを食べます。夜中でおなかがへっているので、ものすごくおいしく感じられます。

安っぽいインスタント・ラーメン、たしかそのころ四つで百円でした。それが、とてもおいしいのです。

　わたしの真夜中のラーメンは、いつのまにか有名になってしまいました。

　自分でそのことも書き、また人にもよく話したからです。


　わたしのラーメン主義は次第にこり性となり、自分からマーケットへ行って、いろいろな種類、銘柄《めいがら》のものを買いこんできました。

　おなかがへるときには、夜中に二つ、ラーメンを作ります。わたし以外の娘なども、ラーメンをよく食べます。

　そこで、四日ごとにわたしはマーケットへ出かけて行って、三種くらいの銘柄を、それぞれ六つくらい買いこんできます。

　マーケットのおばさんは、わたしの顔を覚えたようですが、毎日、インスタント・ラーメンばかり食べている気の毒な男と考えたにちがいありません。

　とにかく、わたしはラーメンを作るのもうまくなりましたし、毎夜、二袋ずつ食べるのも有名になりました。

　そのころのことです。あるテレビ局で、わたしの一日というのを放映することになりました。そのシナリオを書いてきたのが、今では大流行作家の井上ひさしさん、その当時も『ひょっこりひょうたん島』などで有名な人でした。

彼は、どうせ北さんのことだから、ラーメンを作って食べるところを撮影すればいいくらいに考えて、そのような台本を作ってまいりました。

ところが、そのときわたしは妙に元気な時期だったので、こんなことはつまらんと言って、自分で勝手に台本を書きかえてしまいました。

それはどういうことか、ですって？

いや、みっともなくってここにも書けません。

だが、のちに井上ひさしさんは、わたしの童話の解説に、

「北さんはやにわにわたしの台本をビリビリと引きさいた」

と書きましたが、それはウソです。彼と相談して台本を作り直したのです。もっとも、自分勝手だったことはわたし自身で認めますけれども。

インスタント・ラーメンはおいしかったことは事実です。

ただ弱ったことに、中年、つまり四十歳をこしてから、わたしは中年ぶとりをするようになりました。

ほとんど運動らしき運動もせず、ラーメンばかり食べていては、これはふとってしまいます。まして、中年になると、人間はたいてい、ふとってくるものです。

わたしは、自分で自分がいやになりました。

青年のときの体重は、およそ六十キロだったのが、いちばんひどいときは六十八キロにもなってしまいました。

そんなむくんだようなわたしの写真を見て、読者の人から、

「北さんも、もうダメですね」

などという手紙もまいりました。


しかし、一九七六年の十月からのことです。わたしは六年ぶりにものすごく元気になりました。ふだんはゴロゴロなまけているわたしが、生まれてはじめてといってよいほどに仕事もし、活躍するようになりました。

すると、体にはいってくるエネルギーよりも、出てゆくエネルギーのほうがずっと多いものですから、だんだんと体重はへってゆき、顔立ちも前よりスマートになってきました。

また、ふつうのインスタント・ラーメンは体にわるいと妻が言いますので、生ラーメンというものにかえました。

これはシナチクもはいっていて、ふつうのインスタント・ラーメンよりは高いのですが、おいしさもずっとまします。

それで、これがふしぎなことですが、わたしはフクロウ型よりも、すこしばかりヒ

バリ型にかわってきました。今では、生ラーメンを昼食に食べます。夜食は、果物くらいにするようになりました。

このほうが、健康にはずっとよいようです。

以上で、わたしのラーメン物語を終わろうと思います。

ラーメンはおいしいですが、食べすぎてもどうかと思いますね。

ラーメンワンタンシューマイヤーイ

開高健

サッポロ、さっぽろ、札幌、どさんこ、釧路、函館、蝦夷、蝦夷ッ子、ピリカメノコ、熊、山親爺、エルム、時計台……見るともなく見ていると、ラーメン屋の屋号は百家争鳴。北海道派がそうやっておしまくるなかに、チラホラと博多、熊本、鹿児島など、九州勢も肩をならべて、たいそうなにぎわいである。

ときどきどうにもおさえられなくなって、駅前食堂のラーメンやヤキソバを食べたくなるという衝動が、私にある。どこの駅前で食べてもおなじ味がし、その味ときたらミもフタもないとしか申上げようがないとわかりきっていながらも、でかけずにはいられなくなるのである。そしてやっぱりダメだったと思って帰ってくるのだが、しばらくするとまたぞろいきたくなる。〝味〟をたのしむためではなさそうで、もっぱら何やらこみいった心因性の、それも数字でいえば端数のような心理ではないかと思える。味には常味、珍味、贅味、魔味、ゲテと、いろいろあるが、もし駅前ラーメンに味があるとしたら、何と呼べばいいのだろうか。

〝味〟はあくまでも主観だし、偏見であるから、A氏が瞠目する皿にB氏が眼をそむけるということがしょっちゅうあり、それはあたりまえのことである。ソバ屋へきてこれはビフテキではないと叫ぶようなことが、よく起こる。バカバカしいといいたい事態だけれど、ビフテキに全身を魅了され占められてしまっている人物なら、いたしかたあるまいと思えることでもある。野坂昭如はラーメンとカレーライスとハンバーグさえあったら飽きないんだと、書いたり、喋ったりしているようで、それはタテマエなのかホンネなのか、よくわからないところがあるが、かりにホンネだとしても、彼を舌バカだの味痴だのとは呼べないのである。ストラスブール産の松露入りで一年間素焼の壺につめられて地下室で寝かせられたフォアグラじゃなきゃ、オレ食った気がしないんだと力むあなたよりもはるかに深く、彼がラーメンに没入しているのだったら、どうしようもあるまい。ヴァレリーは、交響曲よりシャンソンが好きだという人物を低級だと思ってはいけない、といったぜ。

東南アジアのきたなくて貧しい麵家で、毎日毎日、絶妙の湯麵や雲呑を私は食べていたので、それが忘れられないばかりに、ラーメン、シューマイ、ワンタンなどという字を見ると、よせよせという声がしきりにわきたつのに、ついふらふらと入っていって試めさずにはいられない。こういうざっかけな安物でウマイ味をだしている店があると、尊敬せずにはいられないのだが、まず、ダメだ。十軒中九軒まで、ダメだ。麺があかんか、スープがあかんか、麺もスープもあかんかである。たいていの麺がクタッとなってスープのなかで溺れ死んでいるし、スープに厚さと深さとまろみと艶《つや》がないのだ。札幌でも博多でも、銀座でも荻窪でも、土地で折紙がついている店に、通《つう》に教えられたり、運ちゃんに教えられたりして、せっせとでかけたが、ウムといわせてもらえたタメシがない。

一升瓶や石油罐に入っているデキアイのダシを使ってる店は論外として、巨大なストック鍋で骨やトリやネギなどをコトコトと煮ている店だと、カウンターについてから、さてさてと手をこすって待ちたいうれしい気持が、油のように湯のように湧いてくるのだが、毎度、毎度、正確に最初の一口で失望させられる。荻窪でも銀座でも札幌でも博多でも、あかなんだ。こんな安物が、こんなにたくさん店があって、こんなに全国的に貪り食べられているのに、こんなにあかんということは、わが国、よほど民度が低下したのじゃあるまいかといいたくなる。店の名声に一も二もなく恐れ入って、さほど自分でもウマイと思っていないらしいのに、賞讃や紹介の言葉を書く食味評論家の民度も、またひどいものだと思わせられる。

食味のガイド・ブックとしてはミシュランのそれが世界的名声を持っているが、これはタイヤ会社の食いだおれ社員のうちで〝魔〟と折紙のついたヤツらがおしのび、匿名でこっそりでかけては採点するというところに秘密がある。そのムッシュウたちは名も顔も知られていないのだから、レストランの主人にしてみると、練達のテロリストに爆弾を仕掛けられるようなものである。毎日毎日、おびえて緊張して、家業にいそしまなければならないということになる。ソコだ、問題は。（柴田書店も一冊ぐらい匿名の闇討ち版をだしてはどうかしらと、おすすめする）。

ラーメンよりもいけないのが、ワンタンである。ワンタンは、〝雲呑〟、英語ならWong Tongと書くが、わが国のはことごとく〝雲〟だけ。ワンだけである。中身がまったくコンペイ糖ぐらいしか入ってなくて、汁のなかでべろべろと白雲がたなびくだけである。こんなひどいものがよく売れると思わせられるのだが、いつまでたってもメニュウや壁の品書きから消えないところを見ると、それなりに買われているらしいナ、と察しがつく。しかし、嘆かずにはいられないのだ、私としては。本場のきたない、貧しい麵家で、安くて、うまい、まっとうな雲呑をパック旅行で抜駈けして、ぜひ一度やってごらんなさいと、顔も名も知れない多数の人に声をかけたくなってくる。

これらにくらべると、シューマイは、依然として大多数は箸にも棒にもかからない低空飛行ながらも、少数はチラホラ、いいのができるようになってきた。小生の研究の一端によると、干して絶妙になるのは茸では椎茸、貝では帆立の貝柱である。ことに帆立の貝柱の干したのからは、ジワジワとすばらしい滋味がでてくる。豚の背脂かこいつをシューマイにまぜるかまぜないかで、俄然、様相が一変する。そこへ椎茸を入れてみろ。またまた一変するのだ。貝柱も椎茸もけっして安いものではないから、だから当然、それらを含有したシューマイ先生もお安くとまっていられなくなる。

しかし、もともとウマイモンを攻めるときには、それなりの覚悟をそこはかとなくしてかかるのだから、それなりの味があたえられたら眼をつむりたいと、こちらは思いきめているのである。そこで、本場と比較して、誤訳でもなければ悪訳でもなく、珍訳でもなければ抄訳でもないシューマイを食べられる店の名を、ここに少数ながら列挙したいけれど、本誌のように政界、経済界、工業界、芸能界、国民心理に絶大な影響を持つ紙面にそれを書くと、たちまち客が殺到してたちまち味が落ちてしまうにちがいないから、とくに割愛することにした。

恋とおなじだ。

御自分で見つけて下さい。

「元盅土鶏麵」という名のソバ

古波蔵保好

卓上におかれている菜単のはじめに記されているのは「元盅土鶏麵」という見たこともない漢字が一つ入っている五文字だった。見たこともない漢字の意味はまったくわからないが、「麵」の一字がある以上、中華ソバだろうと、わたしはその五文字を指で押さえて、店の人をうなずかせたのである。

台湾・台北市の信義路《しんぎ》にある「鼎泰豊小吃《ディンタイフオン》」という店でのことだ。この店では、中国語だけしか通じない。したがって注文は口でいうのではなく、指先きを使うしかなかったのである。「元盅」とはどういう意味なのか見当もつかないけれど、とにかくわたしと妻とは、麵が欲しかったわけだ。

この店のことは案内書で知ったように覚えているが、食べさせられる品についてのくわしいことは、まだわかっていない。「土鶏」とあるのだから、たぶん地鶏を使う中華ソバなんだろうくらいに思って注文したのである。

注文してしばらくすると、わたしたちの前に、小づくりの丼が現れた。入っているのは、茹でられたばかりの湯気が立つ中華ソバだけである。ハテ、汁はどうした、ソバだけを食べろというのか、と二人がいぶかしく思っていると、先きに丼を持ってきた女の子が、厚い手袋をした両の手で、小型の壺を運んできた。

素手ではさわれないほど熱いようである。女の子の厚い手袋が、壺にかぶさっているラップを取り払うと、壺を持ちあげ、中のものを丼に流しこんだ。壺の中から透明な汁が、鶏の骨つき肉とともにソバへかぶさり、どうぞという身振りをして、女の子は立ち去る。

近くの席で、わたしたちと同じ品を注文した中年男の様子へ見るともなく目を向けたら、彼は丼の中から鶏の骨や肉などを小皿にうつしていた。どうやら食べる気がないらしい。わたしが試しに目の前の鶏肉を口に入れてみると、味が出切ってパサパサとなり、とても食べられたものではない。そこでわたしも、ダシの出がらしとなった鶏の骨つき肉を丼から出し、まだ十分に熱いスープをレンゲですくって口に吸いこむと、これが極上のチキンスープなのである。ソバの汁として、かくもすぐれた味は、わたしにとってははじめての経験だった。

ソバはいささかの歯ごたえが気持ちよく、スープは鶏の骨と肉から余すところなくいい味を抽出したもの。わたしは、中華ソバの汁としてかつて味わったことのない最高の美味を腹へおさめることになったのである。

スープの一滴、ソバの切れ端が丼に残っている間、わたしと妻のふたりは言葉を発するゆとりさえなかった。

いつものわたしは、あちこちの店へよく食べにいくというほど中華麵に執着していないのだが、この店の「元盅土鶏麵」にはまったく脱帽である。わたしを脱帽させたのは、第一にスープの出来栄えであるといいたい。

そのスープのつくりかたが、ラーメンの場合とまったく違うようだ。ラーメンに使うスープは大きな鍋で大量につくるのだが、この場合は、さきほど見たように、一人前用の壺に仕込まれる。

壺にギッシリと骨つきの鶏肉を詰め、水を注ぎこみ、適量の塩を加えたうえ、生姜《しょうが》の一片を入れて密封のうえ、蒸し器にならべるらしい。つまり蒸気の熱で、壺の中がだんだん熱湯となり、鶏肉の味を溶かすということになるのだろう。

鶏肉からダシが出つくして、極上のスープができるまで、かなりの時間がかかるはずだが、蒸すという方法でつくられるスープなので、まったく濁りのない、透明な美しさに仕上がるそうだ。

どれだけの数の壺が一度に蒸し器におさめられるのか、なにせ言葉が通じないので、尋ねることもできなかったが、それほどたくさんではないらしい。スープのおいしさがアタマにこびりついているため、つぎの日も食べにいったら、前日より時間がおそかったため、すでに売り切れとなっていたのである。

ひところ、わたしたち夫婦は、故宮《こきゆう》博物院に凝っていた。台湾への旅行は、博物院を見学するのが主な目的で、つぎには中国大陸からうつってきている料理人たちのつくる料理が目当てだった。

いわば博物院では目と心のごちそう、街の名だたる料理店では味覚をシアワセにするというゼイタクな旅だったのである。その博物院見学には日暮れまでの時間を使わなければならないので、腹ごしらえをシッカリしていかなければならなかった。腹ごしらえをする店として、「鼎泰豊」を見つけたことは、運のいいことだったのである。ところで「鼎泰豊」には、もう一つのうまいもの、「小籠包《シヤオロンパオ》」があったことを、わたしは思いだす。

乗ったタクシーが信義路に入ると、「小籠包」を蒸している湯気が歩道にまで流れているのが見えてくるし、その「小籠包」の皮で挽き肉を包みこんでいる作業は、店の入り口でつづけられていたりするため、店の中へ入るのに難渋するほどだった。

要するに店の中は客席に使われているため、仕事場が店の外へはみだしているかっこうなのである。

台北滞在中のある日、昼食は「鼎泰豊」の「元盅土鶏麵」と「小籠包」にきめているわたしたちが、食べ終って勘定を払い、外へ出ようとして足を止めたのは、ちょうど出入り口に腰を据えた店員のひとりが、小籠包づくりに余念ない様がおもしろい見ものだったからだ。

小籠包というのは、どなたもご存じのように小麦粉でつくった薄い皮で挽き肉を包んだものであるが、肉饅頭とは違う。というのは、薄皮の中に挽き肉ばかりでなく肉汁が包みこまれているからである。

店の客席にいる間、わたしは近くの席にいる客が、小籠包をどう食べるかと見ていたら、その客は、小さい蒸し器の中で湯気を立てている小籠包の一つを箸でつまむと、これを生姜入りの酢に軽くひたしてから口へ入れた。

この人は、小籠包の表面だけでなく、中の挽き肉と肉汁の温度が舌をヤケドさせないていどになっていることを察して、丸ごとを口に入れたのであろうが、そうすることで、肉汁のおいしさを十分に味わったにちがいなかったのである。

わたしは、丸ごと口に入れると、中にこもるアツアツの肉汁で舌をヤケドするのがコワイので、小籠包を食べるのに、きまって二つに嚙み切ったものだ。このため、嚙み切られたところから肉汁が流れ落ちてしまうのをとめようがなかったのである。やはり肉汁を逃がさないためには、丸ごと口へ、が正解のようだ。

——ということがわかってから、わたしも上手に小籠包を食べるようになったが、さてその小籠包の薄い皮で、いかなる方法により液体である肉汁と挽き肉とを包みこむか。

実際に料理をしている人なら、カンタンに解けるだろうに、ひたすら食べるだけのわたしには、肉汁を包みこむ方法がわからない。ようやくこのわたしに、ナゾを解いてみせたのが、小籠包づくりにいそしむ人だった。店先きで作業に余念のない人の器用に動く指先きを見つめていたら——。

左手にきわめて薄づくりの皮を持つと、右手のヘラが挽き肉を取って皮につけ、ついでゼリー状になっているものを加えて包みこむという作業がつづく。そのゼリー状が冷し固めた肉汁で、包みこまれて蒸されると、もとの肉汁に戻るのだが、皮がシッカリつくられているので、外へもれることもないという次第。しばらく小籠包づくりをながめていると、スーッとすべるように近づいた高級車が店の前でピタリと止った。すばやく運転手が飛びだしてドアを開けた後部座席から現れたのは、仕立てのいいスーツを着た、政府高官と思われる紳士である。紳士はドアをあけてくれた運転手に一枚の紙幣を渡し、何ごとかをいい残して、店の中へ入っていった。

この明らかに高官と見える紳士が、彼のリッパな服装と似つかわしくない、粗末なテーブルと椅子の並ぶ店の一隅に席をとって厳然と構え、身近かなところで小籠包を食べ、あるいは麺をすする庶民たちの中で、何を口に入れようというのだろう？

妻がこういった。

「彼はソバを食べにきたにちがいないわ。小籠包はほかの店でも食べられるが、元盅土鶏麵などというヤヤッコシイ名前のソバはここにしかないはずよ。ホントに高級車で、お役所から遠出してまで食べにくるだけの値打ちがあるものね」

元盅土鶏麵の値段は、一九八〇年ごろ、はじめて「鼎泰豊小吃」へいった当時、たしか日本のカネにすると、百円でツリがくるほどだったのである。

トルコ風ラーメン

馳星周

行きつけの店で、気分良く飲み食いしていたと思ってもらいたい。

酒はビールにはじまって、日本酒、焼酎、ワイン。足繁く通っている店なので、料理も抜群だ。同席しているのは東京からやって来た編集者たちで、作家であるわたしは神様みたいなものだから言いたい放題、非常に気分良く飲み、かつ食べていた。

さあ、そろそろ腹もくちくなってきたし、愛犬たちが待っているのだから家に帰ろうかと思っていたところ、この店の若きシェフが我々のテーブルまでやって来た。

「馳さん、〆の炭水化物なんですが……」

ここはなんでもうまい。パスタにピザにカレー、頼めば丼物だって作ってくれる。が、シェフがわざわざやって来たということは、わたしに食べさせたい新メニューがあるということだ。

「おれに食わせたいものがあるんだろう。もったいぶらずになにを出したいのか言ってみろよ」

わたしは言った。途端にシェフの目が輝く。

「トルコ風ラーメンなんですけど」

「はい？」

「えっと、海老で出汁《だし》を取ったスープにヨーグルトを入れて――」

シェフはトルコ風ラーメンなるものの説明をはじめたが、どれだけ聞いても、その味を想像することができなかった。

「もうなんでもいいから、早く持ってきて」

「わかりました」

シェフは嬉々《きき》として厨房に戻っていった。テーブルに残されたわたしたちはだれもが困惑した顔で首を捻っていた。

「トルコ風ラーメンって、味、想像できるか？」

編集者たちはみな首を振った。

「皆目《かいもく》見当もつきません。馳さん、ここの常連でしょう？　なんとなく想像できるんじゃないですか？」

わたしも首を振った。

海老で出汁を取ったスープにヨーグルト？　そこまではなんとなく想像がつく。スパイスを効かせた酸味のあるエスニックなスープだ。しかし、それにラーメンが加わるとわたしの頭の中はぼやけていく。

しかし、あのシェフが自信満々でわたしに食べろと言ってきたのだ。旨いに決まっている。だが、どんなふうに旨いのかとなると、すべては霧の中だった。


「お待たせいたしました」

シェフとスタッフが丼をのせたトレイを持ってやって来た。

想像していたとおり、クミンをベースにしたスパイシーで酸味のあるスープの香りが漂ってくる。

「トルコ風ラーメンでございます」

シェフは得意げだ。よほど味に自信があるらしい。

目の前に置かれた丼には赤いスープが満たされていた。唐辛子の赤さではなく、海老のエキスが溶け込んだ赤いスープだ。それが白っぽくなっているのはヨーグルトが入っているからだろう。そのスープの中に、ラーメン、メンマ、チャーシュー、海老、海苔が浮かんだり沈んだりしている。スープの見た目と香りを除けば、普通のラーメンとなんら変わらない。

とりあえずスープを啜《すす》ってみた。

旨い。海老の甘みと香ばしさ、ヨーグルトの酸味、スパイスの芳醇な香りが調和をなして一体化している。スープだけでも銭が取れる仕事だ。

だが、ラーメンとなるとどうか。中華な麺、中華なメンマ、中華なチャーシュー、和な海苔と、このエスニックなスープがどんなハーモニーを奏でると言うのか。

下手をすればすべての味がばらばらになってとんでもないことになってしまうのは明らかだった。

おそるおそる箸で麵をすくった。一気に啜って驚いた。中華な麵にトルコなスープが絶妙に合うのである。海老の旨味が、ヨーグルトのこくと酸味が、スパイスの風味が、麵に絡みついて口の中で爆発する。

「うんめっ」

嘆息ひとつ、続いてチャーシューに箸を伸ばした。見るからに醬油味ベースの煮込みチャーシューだ。いくらなんでもこれはトルコなスープとはミスマッチだろう。

しかし、わたしの予想は完全に裏切られた。トルコなスープは濃厚なチャーシューと渡り合って一歩も退かず、互角に渡り合ってなおかつこれまで味わったことのない美味しさを醸し出すのである。

メンマも海苔も、もちろん海老も、トルコなスープと共に最大限のポテンシャルを発揮していた。

編集者たちも、旨いを連発してラーメンを啜っていた。

だれもがあっという間に食べ終え、スープを一滴も残さずに飲み干した。

「ふぅ〜」

あの、旨いラーメンを食べ終えた時に出る溜息と共に、短かったトルコな宴は終わりを告げたのだ。

「旨かったー」

わたしの言葉にシェフはしてやったりの表情を浮かべた。

「このラーメン、うちのスタッフの間でも大評判なんです」

「そりゃそうだろう。これだけ美味しいんだもの」

「そのうち、定番メニューにしますから」

「定番にならなくても、おれが『あれ』って言ったら、これを出せ」

「はい」

シェフは笑い続けている。わたしも光栄だった。店の新しいメニューにするかどうか、その羅針盤としてシェフはわたしを選んだのだ。

「しばらくの間は、〆の炭水化物はこのラーメンでってのが続きそうだな。ほんとに美味しい」

何度も書くが、ここはパスタもピザもカレーも抜群に美味しくて、毎度毎度、〆になにを食べるかに頭を悩ませる。しかし、このラーメンの登場でわたしの悩みは解消されるだろう。

きっと、次にこの店に足を運ぶ時は、目の前で笑っているシェフに、

「最後のトルコ風ラーメンが最高に美味しく感じられるように料理を出してくれ」

と言っているに違いない。

それぐらいこのラーメンは衝撃的で旨かった。

「そうだ。このスープ、余ってる？」

「ありますけど」

「明日もこのラーメン食べたいから、スープ、二人前お持ち帰りする」

「わかりました」

翌日、わたしは朝から麺を茹で、野菜を炒めてこのトルコなスープに投入した。メンマも濃厚なチャーシューもなかったが、それでもなんの問題もなかった。トルコなスープと中華麺は絶妙な組み合わせなのだ。わたしも連れあいも、あっという間に麺と具を食べ終え、スープを最後の一滴まで啜った。

食べ終えたあと、わたしはこう呟いた。

「失敗した。お持ち帰りのスープ、四人前にしてもらうんだった」

昼食もこのラーメンを食べたかったのである。

あこがれのラーメン
藤子・F・不二雄　藤子不二雄Ⓐ
今日《きょう》は二人《ふたり》でるす番《ばん》か。
お昼《ひる》はそくせきラーメンにしよう。
そろそろ食《た》べていいかな。
まだだめだ。

スッ
失礼《しつれい》。
つい うまそうな においに つられて ね。
あい変《か》わらず ラーメン マニア だね。
だけど ちょっと へん だったよ。
そう いえば フラフラ してたな。
ぼく ちょっと 見《み》てくる。
あ、ずるい。自分《じぶん》だけ るす番《ばん》 すっぽかして。
まるで たましいが ぬけた みたいだ。
これは なんか あるぞ。

小池《こいけ》さんどうしたの？
じつは家《いえ》へきたんだよ。
税金《ぜいきん》のさいそくでもきたの？
そうじゃない。もらったんだ。
なにを？ただでもらったの？
ぼくのおよめさんがきたの。
へーッ、ものずきなおよめさんだ。
それでどうしてそんなゆううつな顔《かお》をしてるの。
聞《き》いてくれるか。語《かた》るもなみだの物語《ものがたり》。
およめさんがはじめてぼくの部屋《へや》を見《み》たときのことだった……。
まあ、ラーメンのふくろがこんなに!!
いつも食《た》べてるからね。
かわいそうに。一人《ひとり》ぐらしで、ごはんも作《つく》れなかったのね。
でも、もうこんなもの食《た》べなくていいのよ。わたしはお料理《りょうり》がとくいなんです。
毎日《まいにち》、心《こころ》のこもったごちそうを作《つく》るわね。
う、うん。

さあどっさり食《た》べてちょうだい。
ラーメンはないのか。
ラーメンよりおいしいでしょ？
う、うん。
キョロキョロ
とっておきの一《ひと》ふくろがあった。
あらっおなかがすいたのならおっしゃればいいのに。
こんなものよりもっとおいしいもの作《つ》ってあげます。
これがスパゲッティ・ミラネーズ。こっちがマカロニ・ナポリタン。
トホホいただきます。
こんなありさまで、もう三日《か》もラーメンを食《た》べてないんだ。
気《き》の毒《どく》だなあ。
うちにラーメンがあるから持《も》ってくる。
ほんとかい!!

持《も》ってきたよ。

さっそく作《つく》ろう。

しめた。おくさんいないぞ。

早《はや》いとこ作《つく》って食《た》べよう。

ぼくお湯《ゆ》をわかすね。

イソイソ
ジャーッ
おお、なつかしのラーメン。では、いただきます。

ただいま。

帰《かえ》ってきた！早《はや》くかくさなくちゃ。

かくすってどこへ？

あらお客《きゃく》さま？

の用心
いやなにラーメンがきて……いやちがう、Q《キュー》ちゃんがきて、ラーメンがある……じゃない話《はなし》があるというから……。

話《はなし》ならおざしきでしなさい。
もう出《だ》していいかな。
サッ
足《あし》ではさんでた。
きたない。食《た》べられやしない。
しかたがない。うちからもう一つ持《も》ってこよう。
外《そと》で食《た》べるよ。お湯《ゆ》はぼくが持《も》ってく。
うん。
あのう、ポットにお湯《ゆ》をつめてくれませんか。
どこへいらっしゃるの?
ちょ、ちょちょっとそこの空地《あきち》までハイキングに……。
あらいいわね。
こっちだよう。
サンキュー。
ラーメン

ジャーッ
お〜〜神《かみ》のめぐみよ。……ラーメン。
気取《きど》ってないで早《はや》く食《た》べな。
ズルズル
へんな味《あじ》!
ペッ
お湯《ゆ》たのんだのにコーヒーを入《い》れてよこしたな。
あっ、おくさんがきた。
早《はや》くどんぶりをかくせ。
わたしもハイキングにきたわ。
ウグウグ。
ハイキングはやめたって。
あらそう。つまんないの。
帰《かえ》りましょ。
あわれな人《ひと》だ。

へえ。気《き》の毒《どく》だね。
じゃあ うちへ つれてきて 食《た》べさせたら。
そうか。それが いいや。
うら〜〜〜・・・・めんしい……。
なにを 一人《ひとり》で いってるの。
スー
あのね 小池《こいけ》さん。
うっ ほんと!
ばんざい。
すぐ 行《い》くよ。
スー
ゴチ
あなた しっかり してよ。

あ、あ　あのね。ちょっと大原《おおはら》さんとこへ行《い》ってきていいかしら。
早《はや》く帰《かえ》ってらしてね。
ラン　ラン　ラン。
まったくしょ君《くん》の親切《しんせつ》にはかんしゃの言葉《ことば》もない。
さあ　どうぞ　どうぞ。
あなた　夕食《ゆうしょく》のお時間《じかん》よ。
これしまっといてね。
ごはんがすんだらすぐくるから。
なごりおしそうだなあ。
今夜《こんや》はとくべつおいしくできたわ。
ウヒ〜
みんな食《た》べてね。
う、うんっ

おそいなあ。
あ、きたきた。
フウ。
えんりょなく食《た》べてよ。
ありがとうゲーブ。
だめだ！とても入《はい》らない。
ああラーメンが目《め》の前《まえ》にありながら食《た》べることができないとは……。
くやし〜〜い!!
まあまあ、そうこうふんしないで。
時間《じかん》がたてばおなかもすくよ。
こうなったらしかたがない。
もっと暗《くら》くなるのを待《ま》って……。
フンフン人気《ひとけ》のない所《ところ》へ集《あつ》まって……。

ひそかにこっそりラーメンを作《つく》るのか!!
おもしろい!これをR作戦《アールさくせん》と名《な》づけよう。
決行《けっこう》は今夜《こんや》八時《じ》!
時計《とけい》を合《あ》わせておこう。
合言葉《あいことば》はラーとメン。
じゃあとで。
――足音《あしおと》だ。
きたな。
ヒタヒタ
ラー。
メン。
プッ、なんてかっこうしてるの!!

およめさんに気《き》づかれないようにぬけ出《だ》すのには苦心《くしん》したよ。
この木《き》の上《うえ》で作《つく》ろう。
なるほど。木《き》の上《うえ》なら見《み》つからないな。
作戦開始《さくせんかいし》。
さあ作《つく》ろう。
どこへ行《い》ったのかしら。こんなに暗《くら》くなって。
あらっ。このくつは？
あなたっ
ズテー!!
だいじょうぶ？おどかしてごめんなさいね。

ラーメン……、ラーメン……、パパといっしょに食《た》べたいな。
まあうわごとだわ。
そんなにすきなのならそういえばいいのに。
あのままじゃかわいそうだ。
おくさんに話《はな》してラーメンを食《た》べられるようにしてあげよう。
話《はな》せばきっとわかるよ。
うまい!
きみはラーメン作《つく》るのもうまいねえ。
ツル ツル
チュー
ツル ツル
世話《せわ》をやくことなかった。

ラーメン煮えたもご存じない

田辺聖子

インスタント製品がたくさん出廻っているが、これを、あたまからバカになさる御仁がある。

男にも女にも、いる。

インスタントラーメンなぞ、目のカタキになさる。

しかし慣れるとラーメンも便利にして、美味しいものでしてねえ。空腹時、ふと台所に立って、サッと煮て玉子を落したり、する。私の家の物干には、リンゴ箱に土を入れて葱《ねぎ》なんか植えてあるので、先をちぎってきて、ドンブリに浮かせ、深夜ひとりラーメンをすする、けっこう美味しくて、イケるんであります。

ラーメンなんぞ、食べたことない、という人にラーメン作ってもらうと大変だよ。じーっと袋の外の説明書を、メガネかけてよんでる。(これは老眼鏡。そんな年頃

の男）

「フーム」

　なんて深刻なおももち。

「なーるほど。こういうものなのか」

　なんて袋をあけ、とり出した麵《めん》の匂いをかいだり、端をポリポリ嚙んでみたり。浦島太郎じゃあるまいし、ラーメンがはやって十なん年、この人、何してたのかしら。

「こういう、下賤《げせん》な、心こもらぬ、いいかげんな、スカタンなものは食べたことない！」

　とさもさも軽蔑《けいべつ》したごとく叫び、

「大体やね、スープ、このスープというのはトリガラを、二日ぐらいたいてこってりといい味にしたものを使うのだ、こーんな、袋に詰めた大量生産の粉末を食べるというような、安っぽい貧しげなことは文化人はせぬ。家《うち》の女房《よめはん》にもそんな手を抜くようなことはさせん。これはきびしくしつけておる」

　そうかね。でも、いまとりあえず、どちらも空腹、時は深夜、夜泣きうどんも通うぬとあれば、酒の合間にラーメンぐらい食べてもいいじゃありませんか。今から二日かけてスープの素《もと》をとるわけにはいかないのだ。

　早くしてよ。

「待て。計量コップあるか」

コップなんざ、どうでもいいじゃない、いいかげんの目安で……。

「そういうわけにいかん。こういう化学製品は分量をあやまると大変なことになる」と化学の実験室みたいなことになり、ものものしい。麺がいかなる化学変化を及ぼすかと、じーっと鍋の中をのぞきこんでいたりして、

「おっと、何分、煮《た》くのやったか」

とあわてて、ゴミ箱に抛りこんだる袋を拾いあげ、メガネをかけてじーっと読み返したりしちゃって。

やることが大時代だ、というのだ。

いくら四十男だからって、いくら会社で部長の何の、といわれてるからって、ラーメンのつくり方ぐらい、おぼえておけ。戦争にでもなったらどうする。

そんなことというまに、私が作ればいいのだが、私の方は酔っぱらって動くのが大儀《たいぎ》、口だけは動くから、坐ってさしずしてるのである。

「ハハァ……やはり、書いてある通りすると、それらしき体裁をととのえてきた。匂いもまずまず。しかし、これだけでは愛想がない。やはり、インスタントというものは……」

「そこへ玉子や焼豚、もやしや葱を入れたら、けっこう賑やかになるやないの」

「おお、そうか、なるほど、なるほど。説明書にもそう、書いてあったっけ」

ほんとに、今どき、ラーメン煮えたもご存じない文化人は、困るよ。

ラーメン時代

曾野綾子

それを初めて持って来たのは、石丸肇だった。まだ或る私大の学生だったが、年は二十六くらいになっていた。昭和三十一、二年のことだったと記憶する。「実は、ちょっとお力ぞえを頂きたいことがありまして……」

彼は学生とも思えぬ世馴れた口調で切り出した。どこかの奥さんと深い仲になったか、借金を頼んで来たか、いずれにせよ、ろくでもない話だろうと思いながら私が彼の顔を見つめていると、彼は手に持った風呂敷の中から、小さな袋に入ったものを取り出した。

「実は私の友人の親戚の人が、今度こういうものを作って売り出そうとしているのですが、その前に、一度ご試食を頂きたい、頼まれまして」

袋には「チキン・ラーメン」と片カナで書いてあった。

「よろしかったら、丼と熱湯を頂戴いたします。三分間、熱湯を加えて蓋をして置いておけばそれでよろしいので」

私は言われた通りにした。手品のようにきっかり三分間経つと、石丸は勿体ぶって、

「もういいかと思います。どうぞ上ってみて下さい」

と言った。

只、お湯をかけただけなのに、丼の中には黄金色のスープが、玉になった油の虹色の輝きを見せている。味も濃くなく、ソバもまだしっかり腰があって、多少干しくさく、ふくよかという訳にはいかないが、私はけっこうおいしく思えた。

「そうですか。お気に召しますか。売れるとお思いでしょうか」

夜食や、携帯食糧にはうってつけだと思う、と私は答えた。誰よりも、昔の兵隊達は泣くだろう。もう十五年早く、こういうものができていれば、生米を噛ることもなくて済んだかも知れないのだから。

石丸肇の話によると、これはまだ試作品の段階なのだが、よければ、数カ月のうちにも売り出すべく、その会社は用意しているというのであった。

「僕も、実は、必らず売れると思っているんです。僕もラーメンが大好きで、あちこちのラーメン屋を食べ歩きましたが、とにかく、家で作るとなると手のかかる割にうまくできない。だから、この程度の味のものが普及すると、皆ずいぶん買うと思うん

ですけどねえ。僕の生活感覚は狂ってるかなあ」

私は狂っていないと思うと答えた。石丸肇は安心したような表情を見せ、試食して頂いたお礼に、と言って、残りの二袋を恭しく置いて帰って行った。

今にして思えば、それが私のラーメン文化に接した初めであった。

石丸肇が、我が家を再び訪れたのは、それから三年ばかり後であった。彼は当時、大学を出て銀座の呉服屋に勤めていた。ラーメンと同じくらい、女の人の和服に興味があったのである。

「実はその……或る女と同棲しようと思いましたが、只、黙って同棲するのもよくないから、けじめをつけた方がいいと皆が言いますので、その時の立会人になって頂けないかと思いまして……」

つまり結婚する、ということなのだが、彼はどうしてもそうとは言わなかった。同棲はいつ迄続くかわからないが、とにかくできるだけ長くというつもりでやってみる、などという言い方ばかりした。相手は大学時代、彼の一年下級生として入学し、二年上級生として卒業した真志保さんという女の子だった。

「石丸さんたら、先輩、先輩、って真志保さんにとりついてノート借りてるうちに結婚するようになっちゃったんですよ」

と彼らのどちらとも同級だったことのある女子学生が、私にそう言って教えてくれたこともあった。

真志保さんは、背の高い石丸肇の肩のあたりまでしかない小柄な娘だった。脚本研究会にいたこともあり、もの柔かで才気のある女性だった。結婚式は、同棲のくせに、花嫁は文金高島田、石丸肇さんは紋付袴で、客たちの中にはジーパンもいるヘンな式だった。

真志保夫人が我が家へアルバイトに来るようになったのは、それから間もなくであった。私は少しばかりの英語やフランス語の文献を使う仕事を始めており、真志保夫人は、たくさんの参考書の中から、それについてどれだけのことが書いてあるかを発見して行く仕事をしてくれていた。新夫婦は一緒に家を出て、真志保夫人だけは私の家にやって来る。昼のお弁当用に、いつも彼女が持って来るのは、その頃はやっていた、「あつあつラーメン」であった。

毎日で倦きないか、と私は尋ねた。

「倦きません。夜食にも食べます」

「あつあつラーメン」が目下売り出されているラーメンの中では、一番おいしいのだということは、夫婦が二人して、比較検討した結果だというので、私はそれを信用することにした。そう言われてみると、「あつあつ」は一番味がこってりしているような気もした。

真志保夫人との仕事は一カ月ばかりで終り、私たちは暫くの間、石丸夫婦ともあまり連絡をとらなかった。私は時々インスタント・ラーメンに、卵や焼豚や葱や揚げ玉などを入れてみたが、正直なところ何も加えないのが一番おいしいような感じのすることもあった。

真志保さんは、頼まれ仲人からの、たっての「お願い」でやむなくアルバイトをしてくれたのだろうと思っていたが、その後も共稼ぎをやめてはいないらしかった。石丸肇は、大して買いもしないのに、せっせと、私の所に呉服ものの展示会の案内状などを持って来て、女房がいかによく稼ぐか、という話をして行った。

「今は東大の田辺先生のお宅に伺っています。ご存じでしょう、政治学の先生で田辺重一郎とおっしゃる……あそこで、やはり書類の整理のお手伝いなどをしております。何しろ、田辺先生という方は大変なご勉強家で七時半には、もう研究室にいらっしゃって、夜も、八時、九時まではざらだそうですから、真ア公も十時になることがありまして……」

女房の呼び方が真ア公に変っている。私は夕食は自分で作るのか、と石丸に尋ねた。

「はあ、作ることもありますし、ラーメンで済ましておけば簡単なものですから。よく侘しくないか、って言われますけど、好きなもの食べて侘びしい訳ないですからねえ。ラーメンの後で、上等のお菓子頂きますし、その時はいいお茶いれましてね、ところで、お宅は今、ラーメン何を上っていますか?」

真ア公が教えてくれた「あつあつラーメン」だと私が答えると、石丸はうんざりしたような顔をした。

「まだ『あつあつ』ですか。今はもうあんなの流行遅れですよ。うちの真ア公は『鴨チャーシュー・ラーメン』がいいというし、私は『東坡メン』が一番だと思っております。蘇東坡《そとうば》先生がお作りになったラーメンだとかで……」

冗談で言っているのかと思ったら、そうでないのである。

この春、私がこの二人の住む石神井のアパートを訪ねたのは、真志保夫人に借りたい本があったからであった。日曜日なのに、石丸はもう六時から起きて、自分たちの部屋のベランダに並べている鉢植えに、ちゃんと水をやったのだ、と真志保夫人は話してくれた。

この二人を並べてみると、男女の特性は入れ代わっているようだった。商売柄もあるかも知れないが、趣味のいい染めの布で座布団を作ったり、有名な画家の習作の書き損じの紙をもらって来て襖《ふすま》に貼ることを思いついたりするのは、夫の方で、たった一つある大きな西洋机と洋書の棚は真志保夫人のものだった。

台所はどちらかと言うと石丸の管轄に属しているらしかった。気がむいた時だけ料理をするという石丸は純中国風の庖丁や蒸し器なども揃えてあった。

「間もなく昼ですが、ラーメンなど召し上っていらっしゃいませんか」

石丸が言った。真志保夫人もすすめてくれたので、私はごちそうになることにした。

「『鴨チャーシュー』になさいますか、それとも『東坡メン』」

私は蘇東坡先生ごひいきのラーメンがいいと言った。

「じゃあ、私作りますから」

真志保夫人はガスに支那鍋をかけ、お湯を沸かした。その間に、中華風の丼に、東坡メンの袋にそえてあるタレと薬味とネギのみじん切りを入れた。

お湯がわき、中にメンを入れると、白い泡が水面に花のように散り、メンは豪快に煮上った。真志保夫人はそれを、大きな金もののザルでさっさとほぐし、やがて鮮かな手つきで、お湯の中からすくい上げた。丼の中に、別に沸かしたお湯を適当なスープの量だけいれ、熱い湯気に包まれているメンを中に入れた。

煮汁は使わないのか、と私は尋ねた。

「ええ、干しくさいですし、しつっこいですから。もし味の濃厚なのがよければ、ほんの一杓子茹で汁を加えるくらいがいいです」

石丸の講釈につれて、真志保夫人はお玉杓子で支那鍋の中の茹で汁をきっかり一杓子、丼の中に落した。それはもはやインスタント・ラーメンを作る図ではなかった。

彼らは袋入りのラーメンからも、やはり家庭の味を作っているのであった。

仏陀のラーメン

沢木耕太郎

食物に関する好き嫌いはほとんどない。これさえあれば他に何もいらないという物もないかわりに、食卓に出されて手をつけかねるといった物もない。腹が空いていれば何でもおいしく感じられるはずだというごく旧式な信条の持主であり、しかもいつでも腹は空いているから常に食べる物がおいしいということになる。

だから「味」については何かを述べる資格もないし、またその勇気もない。友人が、若いわりにさまざまな「味」について一言も二言も持っているのを知ると、なかば感心しなかば呆れつつ御説を拝聴しているばかりなのである。誰がどんな新説、奇説、怪説を述べようと比較的おとなしく聞いているのだが、しかし、中にはできることならあまり耳にしたくないセリフというものもないではない。

ドコソコのナントカ屋のナニナニはとてもうまい、というのは構わない。それは個人の嗜好の領域に属する問題であり、時にはその感動の表白であるからだ。やりきれないのは、ナニナニはドコソコのナントカ屋でなければならぬ、といった類《たぐ》いのものいいである。そういったセリフを聞くと、へえそうですか、それは結構でした、せいぜいナントカ屋以外の店でナニナニを食べないようにしてやってください、というような一言をさしはさみたくなる。世の中には自分の知らぬ世界があり、自分よりはるかに経験をつんだ凄い人物がいるはずだという、いわば世間に対する畏怖《いふ》の念を喪失してしまったこのような横柄なものいいには、子供の頃よく使った「知ったかぶりで」という半畳《はんじょう》を入れてみたくなるのだ。

もちろん、私にだって食物との感動的な出会いがなかったわけではない。ただ、それがドコソコのナントカ屋のナニナニという形をとらなかっただけのことだ。もし私が、最も印象的な「食物との遭遇」の経験を挙げよといわれれば、一も二もなくラーメンとの遭遇と答えるだろう。Cup《カップ》 Noodle《ヌードル》という名の即席ラーメンとの遭遇、と。

日本を離れユーラシア大陸の外縁を大した目的もなくうろついていた一時期、しばしばというのではなかったが、私にも日本の食物を恋しく思うことがあった。しかし意外なことに、そこで思い浮かべる食物といえば、鮨、天麩羅《てんぷら》、すきやき、うなぎ、味噌《みそ》汁、漬物といった、いわゆる日本風の物ではなかった。たとえば、インドを歩いていた時、私が痛切に食べたいと望んでいたもののひとつは、カレーだった。カレーの本場であるインドで、私は日本のカレーを恋しく思っていたのだ。

　インドでは、地方によってかなりの差異はあったが、どこの土地の料理もそれなりにおいしいものだった。米が冷たくポロポロだということを除けば、どんな田舎の、たとえ四本の柱と屋根だけしかないような食堂のカレーでも、私には満足だった。しかし、インドのカレーは、カレーであってカレーでなかった。私には、大量の香料を使った野菜煮込み汁とでもいうべきものでしかなかった。あの、日本の、温かい御飯の上にかける、とろりとしたカレーではなかったのだ。インドのカレーを食べつつ、そしてそれに深く満足しつつ、しかし同時に、日本に帰化した外国料理としてのカレーをたまらなくなつかしく思っていた。

　インドで、カレーと同じように、あるいはそれ以上に食べたかった物に、ラーメンがあった。私は、そのラーメンと、インドのブッダガヤでかなり劇的に遭遇したのだ。

　ブッダガヤで知り合った此経啓助《これつねけいすけ》さんと、サマンバヤのアシュラムで生活を共にし、やがて子供たちと別れ、再びブッダガヤに戻ってきた時のことだった。此経さんはビルマ寺に、私は日本寺に転がり込み、またのんびりとした生活が始まりそうだった。アシュラムでの生活は信じられないくらいに牧歌的なものだったが、そこから再びブッダガヤに戻ってきた時、ホッとしたことも確かであった。子供たちの中で、子供たちと同じように働き、子供たちと同じ物を食べる。それに不満があるはずもなかったが、どこかで無理をしていたのかもしれない。

不意に何もすることがない日常に連れ戻されてしまった此経さんと私は、ある日、日本寺の縁側に寝そべりながら、言葉もなく空を見上げていた。

「あーあ」

と此経さんが溜息をついた。

「あーあ」

と私も溜息をついた。此経さんがどんな哲学的な煩悶《はんもん》によって溜息をついたのかはわからなかったが、私はごくつまらないことで溜息をついていたのである。私は溜息につづいてそのつまらない「煩悶」をいささか恥入りつつ口に出した。

「ラーメンが喰いてえ」

すると此経さんが頓狂《とんきょう》な声を上げた。

「ほんと！　ぼくもまったく同じことを考えてたんだ」

味噌ラーメンとか塩ラーメンとかいうのではなく、オーソドックスな醤油味のラーメンが食べたかった。

あるいはその夕方の勤行《ごんぎょう》の時、私は般若心経をとなえながらよほど一心にラーメン、ラーメンと念じつづけていたのかもしれない。日本寺にやっかいになる以上、朝と夕のおつとめには参加しないわけにはいかないのだが、私は義務という以上に真面目にお経をあげていた。その功徳であったのだろう、翌日、此経さんが日本寺に駆け込んできて、叫んだ。

「ラーメン！」

見れば手に円筒の白い容器がある。聞けば、サマンバヤのアシュラムへ一緒に行った農大生が、もう日本に帰るばかりだからとひとつ分けてくれたのだという。二人は喜びいさんでビルマ寺の此経さんの部屋に戻り、調理にかかった。Cup Noodle と書かれた容器を大事そうにテーブルに置き、火をおこした。日本からはるばるやってきた麺に、ヒマラヤ山中から流れついたに違いない水をわかした湯を注ぎ、インドの大地に育った青菜を加え、土鍋でしばし煮た。かくして大調理の果てに、二つの椀にはわずかだがラーメンらしきものが盛られることになったのである。二人は言葉も発せず、ゆっくりと、おしみおしみそれを食べた。

それにしても、私たち、少なくとも私にとって、異国にあってなつかしく思い起こす食物が、いわゆる純日本風の物ではなく、無国籍風の、帰化した外国料理であったということは、かなり象徴的な現象であるに違いない。カレーやラーメンの中にこそ私たちの日本食が存在するとすれば、それは単に食物ばかりでなく、文化一般についても当てはまるのではないか……とここまで書いてきて、このささやかな発見もすでにどこかで誰かがいっていたような不吉な予感がしはじめてきた。思いついて、小田実の『何でも見てやろう』の最終章を読み返してみると、案の定こう書いてある。

《何を食ってもうまくないアメリカで私が恋しく思ったのは、スシやナメコのミソ汁ではなくて、東京のビフテキであり海老フライでありサラダであり、もう一つ言えば、ラーメンであった》

すでに二十年前に気がつき、そこからひとつの文化論を展開した人がいたのだ。「知ったかぶり」でオソマツな日本文化論などひけらかすのはやめた方がよさそうだ。「知ったかぶり」は食談ばかりでなく何事につけ、格好がよくないものなのだ。

しかし、とにかく、あの時の即席ラーメンがおいしかったことだけは確かである。

最近、ビザの都合で一時帰国し、少年との生活記録を『アショカとの旅』という印象深い本にまとめたばかりの此経さんと、東京で再び会うことができた。

此経さんは、うなぎ屋というごく日本的な食物屋に居候《いそうろう》を決めこんでいたが、その御主人の日本食をごちそうになり、日本酒を呑みつつ、二人で声をそろえて叫んだのは、

「あのカップ・ヌードルほどうまいものはなかったなあ」

という、かなり罰当たりなセリフだった。

ラーメンに風情はあるのか

吉本隆明

起きるのが遅くなって、朝昼兼用のおかゆ一食になってしまうと、カップラーメンでカロリーを補うことがときどきある。

本当は何と呼ぶのか知らないのだが、私が食べるのは二種類に限られている。ひとつは、ビール用のグラスみたいに、底に近づくにしたがって細くなり、食べ口の方が広くなっている容器に入ったもの。この容器の食べ口の広がり具合は絶妙で、手に持って食べ始めると、安定感もいい。軽食にちょうどいい量にもなっている。おそらく、もっとも初期の頃から、その姿形は少しも変わっていない気がする。その醬油味も変わっていない。特段、うまい味ではないのだが、ごはんと同じで、ちっとも飽きがこない。ラーメンが味を競り合い出した時代になっても、変わらない。むしろ、変わらないところがいいと思える。本当は味も容器も少しずつ改良されているのかもしれないが、それがあまり目立たないところがいい。

私は同人誌を始めるとき、ない知恵をしぼって、どうすれば長続きするかを考えたことがある。内容は同人や寄稿者の力量によって決まるので、それは急にどうなるというものではない。凡庸な頭で考えついたことは、「頂点を造らないこと」だった。勢いにのっても、欲求に応じないで、地ならしを忘れなかった。そのお陰か、読者が減ってもどん底までにいかずに続けられた。それは、カップラーメンの長続きに、どこか似ているのではないかと思えてくる。

もうひとつのカップラーメンは、長方形の紙器（本当は紙の器ではないが、紙器と呼んでおく）で、焼きそば的にソース味に仕上げられたものだ。量がやや多めで、若い頃はよかったが、いまは負担になる。けれども、この量が多いというところに、このカップラーメンの個性があるのだと私は思っている。

以前、知人の結婚式に招かれたとき、この娘さんは食べっぷりが立派だ、と言ったことがある。それがどう受け止められたのかは知らないが、その娘さんの、食べることに関して、何度か素晴らしい風情のところを目撃したことがあった。

テレビ番組でいうと、明石家さんまが大勢の芸能人を前にした司会の重責を終えて、ほっとしたところで一杯の水を飲むときの状態をいつも感心して見ている。ひとつの風情である。

しかしながら、誰がラーメンを風情として食べることができるだろうか。

若い頃、私は札幌市内のラーメン街で、初めて美味なだし汁のラーメンと出会った。思わず、ラーメン店の「はしご」をやって家人をあきれさせたことがある。酒飲みのはしごと同じように、さまにならない風情だったにちがいない。

いまも私は、老人のくせに、ビンに入れた〝煎餅〟と〝グミ〟のはしごをやって血糖値を上げては、世話役の長女を困らせている。

最近の至福

江國香織

夫とスーパーマーケットに買物に行って、帰って袋の中身をだしていたら、カップ麺が一つでてきた。

「なに？　これ」

普段たべる習慣のないものなので、私は訊いた。

「あんまりじっと見てるから、欲しいのかと思ってカゴに入れたんだよ」

というのが夫の返事で、私は、そうなの？　と思った。カップ麺を欲しいと思った憶えはなかったけれど、台所でそれをしげしげ眺めたら、理由がわかった。私には、言葉に衝撃を受けるとその場から動けなくなる癖があり、ついこのあいだもコンビニエンス・ストアで、手にとったペットボトル入りの水に巻かれていた帯に、「からだにうるおうアルカリ天然水」と書かれているのに目が釘づけになり、からだにうるおう天然水？　水が、うるおう？　と、何とか理解しようと懸命に思考をめぐらせていて、「冷蔵庫、閉めてください」と、店員さんに注意されたばかりだった。

そのすこし前にはドラッグ・ストアで、「足なり靴下」というものを見て動けなくなり、一緒にいた人に、「欲しいの？」と訊かれてもいた。ついでに言うと、足なり靴下というのは、足首から先が最初から直角に、足に添うよう曲がっている靴下のことで、私はそれを理解するのに時間がかかったのだけれど、世のなかの人たちはみんな、瞬時に理解できるのだろうか。

話を戻すと、カップ麵。そこには、理解できない言葉が書かれていたわけではない。ただ、「至福の一杯」と書かれていただけだ。でも私は衝撃を受けてしまった。至福？ほんとうに？

私はカップ麵を軽んじるつもりはまったくない。便利だし、お店でたべるラーメンとはまた違うおいしさがあることも勿論知っている。日清のカップヌードルがはじめて登場したときには、私は小学生だったがすぐに頼んで買ってもらい、せっかくお湯を注ぐだけでいつでもどこでもたべられる画期的なものなのに、普通の食事みたいに家のなかでたべるのでは意味がない、と主張して、マホービンにお湯をつめて近くの空き地にでかけて、どきどきしながら一人で戸外でたべたのだった。しみじみおいしい、と思った。そのあとカレーカップヌードルが発売になったときにもすぐに試した。

マホービンと共に空き地にでかけ、そのときには近所のお友達と一緒にたべた。やっぱりおいしいと思った。おそらく玉子と思われる、ふわふわしてまるい、黄色いものを大事にしてたべたことも憶えている。

でも――。

至福。ほんとうに？

私はそのときスーパーマーケットの通路で、至福という言葉の持つありとあらゆるイメージを思い浮かべて、なんとか目の前のカップ麵とつなげようと努力していたのだった。なぜそんなことをしなくてはいけないのか、訝《いぶか》る人もいるかもしれない。なぜなのか、自分でもわからない。でもどうしても、そうせずにいられない。言葉で中身を理解したい。言葉がきちんと機能していることを、確かめたい。

何分かかったかわからないが、じっと考えて、私は私なりの理解に至った。それは、「これはたぶん、『至福』という言葉の持つある種の大袈裟《おおげさ》さ、いっそ不可能さ（桃源郷的意味合いにおいて）と、手軽で現実的なカップ麵との意表をついた組合せによって、購買者をくすりと笑わせようとするユーモアなのだろう」というもので、そう納得すると満足し、ようやく立ち去ることができた。

カートはうしろから歩いていた夫が押していたので、彼は私の様子から欲しがっていると判断し、欲しいなら買えばいいじゃないか、と口で言うかわりに一つとってカゴに入れてくれたのだった。

「うれしい」

私は言った。お店で、山のような同種の商品と一緒に、通路まるまる一本分を埋めつくすように積まれて売られていたときには気づかなかったのだが、こうして一つだけぽつんとやってきてみると、そのカップ麺はとても可憐《かれん》な佇いをしていた。

まず、最近主流らしい丼型ではなく、ほっそりとした縦長の、なつかしいカップヌードルとおなじタイプの容器である点がよい。あつかましくない。それに、「きいちのぬりえ」を思わせる、どことなくレトロな青インクの印刷文字で、「雲呑麺《わんたんめん》」とあるのもよい。しかも、その横に書かれた文言は、「至福の一杯」。

眺めれば眺めるほど可憐なのだった。

私はそれをしばらく飾っておいた。デザインの素朴さが、子供の玩具みたいで見飽きない。何週間かすぎたころには、私にとって「至福」という言葉は、直結的にその雲呑麺を想起させる言葉になった。

ただ、そうなるとたべるのに勇気が要る。神々しいばかりの「至福」のイメージが頭のなかにひろがり、現実の味はそれにとても追いつけないだろうから。

そういうわけでたべる決心をつけられずにいたところ、ある日夫がおなじものを五個買ってきた。至福の雲呑麺を、五個！

「もったいながってたべられないみたいだから」

というのがその理由で、私はありがたいような、困るような、どちらともつかない気持ちになった。そして、たべてみた。

澄んだスープの味といい、細くて素直な麺といい、つるんとしたワンタンといい、それは大変おいしいものだった。冬の、晴れた昼間にぴったりのものだと思った。言葉の力とはおそろしいもので、それは、まさに至福の味がしたのだった。

ラーメン

石垣りん

手術室に四回運ばれたほかは、あおむけに寝たきりの五カ月間がありました。見舞いに来た友だちが「ハイ、オルゴール。曲は枯れ葉、エンギをかつぐあなたでもないでしょ」と置いてゆきました。そうです。すっかりよくなった今でも、枯れ葉の曲をきくと、生き死にの境の思いが切なくよみがえって、悲しみさえ甘くなることを知りました。

同室の患者が夜、出前のラーメンをすするとき、私は思いました。いつ食べられるかしら？　ラーメンはあおむけのまますすれるものではありませんでした。元気になってしまうと「きょうは節約してラーメンにするか」などといいます。値段は安くても健康という高い代価を支払って食べるのに。

著者略歴

◎中華そば　『かぼちゃを塩で煮る』幻冬舎文庫より

牧野伊三夫　まきのいさお

一九六四年、福岡生まれ。画家、随筆家。北九州市情報誌「雲のうえ」、飛騨産業広報誌「飛騨」編集委員。おもな著作に『へたな旅』『のみ歩きノート』、絵本に『十円玉の話』、画集に『牧野伊三夫イラストレーションの仕事と体験記 1987-2019 椰子の木とウィスキー、郷愁』など。

◎祖母のラーメン　『思い出ごはん』ＰＨＰ文芸文庫より

あさのあつこ　あさのあつこ

一九五四年、岡山生まれ。児童文学作家、小説家。『バッテリー』およびその続編で野間児童文芸賞、日本児童文学者協会賞、小学館児童出版文化賞受賞。その他おもな著作に「NO.6」シリーズ、『復讐プランナー』『アーセナルにおいでよ』など。

◎「大勝軒」必殺の四つ玉ラーメン　『場外乱闘はこれからだ』文春文庫より

椎名誠　しいなまこと

一九四四年、東京生まれ。作家、エッセイスト。『犬の系譜』で吉川英治文学新人賞、『アド・バード』で日本ＳＦ大賞受賞。その他おもな著作に『中国の鳥人』『黄金時代』『続　失踪願望。』『思えばたくさん呑んできた』など。

◎度を越す人　『考えない人』新潮文庫より

宮沢章夫　みやざわあきお

一九五六年、静岡生まれ。劇作家、演出家、小説家。劇団「遊園地再生事業団」主宰。『ヒネミ』で岸田國士戯曲賞、『時間のかかる読書　横光利一『機械』を巡る素晴らしきぐずぐず』で伊藤整文学賞受賞。その他おもな著作に『サーチエンジン・システムクラッシュ』など。二〇二二年没。

◎相撲とラーメン　『君のいない食卓』新潮社より

川本三郎　かわもとさぶろう

一九四四年、東京生まれ。評論家、エッセイスト。『荷風と東京　『断腸亭日乗』私註』で読売文学賞、『林芙美子の昭和』で毎日出版文化賞受賞。その他おもな著作に『マイ・バック・ページ　ある60年代の物語』『大正幻影』『いまも、君を想う』など。

◎はっこいラーメンのこと　『よなかの散歩』新潮文庫より

角田光代　かくたみつよ

一九六七年、神奈川生まれ。小説家。『まどろむ夜のＵＦＯ』で野間文芸新人賞、『空中庭園』で婦人公論文芸賞、『対岸の彼女』で直木賞、『八日目の蝉』で中央公論文芸賞、現代語訳『源氏物語』で読売文学賞受賞。その他おもな著作に『幸福な遊戯』『かなたの子』『タラント』など。

◎幻のラーメン　『わたしの流儀』新潮文庫より

吉村昭　よしむらあきら

一九二七年、東京生まれ。小説家、ノンフィクション作家。『星への旅』で太宰治賞、『ふぉん・しぃほるとの娘』で吉川英治文学賞受賞。その他おもな著作に『戦艦武蔵』『関東大震災』『ポーツマスの旗』『桜田門外ノ変』など。二〇〇六年没。

◎すべてはこってりのために　『IN POCKET』二〇一三年一月号　講談社より

津村記久子　つむらきくこ

一九七八年、大阪生まれ。小説家。『ミュージック・ブレス・ユー!!』で野間文芸新人賞、『ポトスライムの舟』で芥川賞、『ワーカーズ・ダイジェスト』で織田作之助賞、「給水塔と亀」で川端康成文学賞、『浮遊霊ブラジル』で紫式部文学賞受賞。その他おもな著作に『ポースケ』『現代生活独習ノート』『水車小屋のネネ』など。

◎悪魔のマダム　『野武士のグルメ』晋遊舎より

久住昌之　くすみまさゆき

一九五八年、東京生まれ。漫画家、エッセイスト。漫画原作では、作画・泉（現・和泉）晴紀の泉昌之名義『かっこいいスキヤキ』、作画・谷口ジローの『孤独のグルメ』など。その他おもな著作に『麦ソーダの東京絵日記』『勝負の店』『久住昌之の終着駅から旅さんぽ』など。

◎静謐なラーメン　『餓鬼道巡行』幻冬舎文庫より

町田康　まちだこう

一九六二年、大阪生まれ。小説家。『くっすん大黒』でbunkamuraドゥマゴ文学賞、野間文芸新人賞、『きれぎれ』で芥川賞、『土間の四十八滝』で萩原朔太郎賞、『告白』で谷崎潤一郎賞、『宿屋めぐり』で野間文芸賞など受賞多数。その他おもな著作に『屈辱ポンチ』『ホサナ』『ギケイキ』など。

◎禁断のラーメン　「北海道新聞」2018年8月17日夕刊より

穂村弘　ほむらひろし

一九六二年、北海道生まれ。歌人。『短歌の友人』で伊藤整文学賞、「楽しい一日」で短歌研究賞、『鳥肌が』で講談社エッセイ賞、『水中翼船炎上中』で若山牧水賞受賞。おもな歌集に『シンジケート』『手紙魔まみ、夏の引越し（ウサギ連れ）』など。その他おもな著作に『整形前夜』『絶叫委員会』『蚊がいる』など。

◎ソウルフードか、ラーメンか？　『IN POCKET』二〇一三年一月号　講談社より

内澤旬子　うちざわじゅんこ

一九六七年、神奈川生まれ。ルポライター、イラストレーター。おもな著作に『世界屠畜紀行』『おやじがき　絶滅危惧種中年男性図鑑』『身体のいいなり』、イラストを担当した共著に『印刷に恋して』『東京見便録』など。装丁、造本も手がける。

◎ラーメン　『きょうもいい塩梅』文春文庫より

内館牧子　うちだてまきこ

一九四八年、秋田生まれ。脚本家、小説家。代表作に「ひらり」「毛利元就」「都合のいい女」。おもな著作に『女はなぜ土俵にあがれないのか』『十二単衣を着た悪魔　源氏物語異聞』『小さな神たちの祭り』『老害の人』など。

◎午後二時のラーメン屋　『大衆食堂に行こう』だいわ文庫より

東海林さだお　しょうじさだお

一九三七年、東京生まれ。漫画家、エッセイスト。『タンマ君』『新漫画文学全集』で文藝春秋漫画賞、『ブタの丸かじり』で講談社エッセイ賞受賞。長期連載の食エッセイ「丸かじりシリーズ」が大人気。その他おもな漫画作品に『サラリーマン専科』『アサッテ君』など。

◎酒のあとのラーメン　『奇天烈食道楽』河出書房新社より

村松友視　むらまつともみ

一九四〇年、東京生まれ。小説家。『時代屋の女房』で直木賞、『鎌倉のおばさん』で泉鏡花文学賞受賞。その他おもな著作に『私、プロレスの味方です』『夢の始末書』『アブサン物語』『幸田文のマッチ箱』『帝国ホテルの不思議』『アリと猪木のものがたり』『北の富士流』『ゆれる階』など。

◎タナトスのラーメン——きじょっぱいということ　『意味がない無意味』河出書房新社より

千葉雅也　ちばまさや

一九七八年、栃木生まれ。哲学者、批評家。小説『デッドライン』で野間文芸新人賞、「マジックミラー」で川端康成文学賞受賞。著作に『動きすぎてはいけない——ジル・ドゥルーズと生成変化の哲学』『勉強の哲学——来たるべきバカのために』『現代思想入門』『センスの哲学』など。

◎屋台のラーメン　『僕の食物語 1945〜1997』フレーベル館より

林静一　はやしせいいち

一九四五年、中国東北部生まれ。イラストレーター、漫画家、アニメーション作家。ロッテ『小梅』のアートディレクションでヴェネツィア国際映画祭銅賞など受賞。『林静一の世界』など展覧会多数。おもな著作に『赤色エレジー』『夢枕』『淋しかったからくちづけしたの　林静一傑作画集少女編』など。

◎焼き餃子とタンメンの発見　『白いプラスティックのフォーク〜食は自分を作ったか』日本放送出版協会より

片岡義男　かたおかよしお

一九四〇年、東京生まれ。小説家、エッセイスト、写真家。『スローなブギにしてくれ』で野性時代新人賞受賞。その他おもな著作に『エルヴィスから始まった』『日本語の外へ』『謎の午後を歩く』『これでいくほかないのよ』『カレーライスと餃子ライス』など。

◎日本ラーメン史の大問題　『青い雨傘』文春文庫より

丸谷才一　まるやさいいち

一九二五年、山形生まれ。小説家、文芸評論家、随筆家。『年の残り』で芥川賞、『輝く日の宮』で泉鏡花文学賞、『ジェイムズ・ジョイス　若い藝術家の肖像』で読売文学賞受賞。その他おもな著作に『たった一人の反乱』『忠臣蔵とは何か』『樹影譚』など。二〇一二年没。

◎真夜中のラーメン　『マンボウ百一夜』新潮文庫より

北杜夫　きたもりお

一九二七年、東京生まれ。小説家、エッセイスト、医学博士。『夜と霧の隅で』で芥川賞、『楡家の人びと』で毎日出版文化賞受賞。その他おもな著作に『どくとるマンボウ航海記』をはじめとする「マンボウ」シリーズ、『さびしい王様』『父っちゃんは大変人』など。二〇一一年没。

◎ラーメンワンタンシューマイヤーイ　『地球はグラスのふちを回る』新潮文庫より

開高健　かいこうたけし

一九三〇年、大阪生まれ。小説家、ノンフィクション作家。『裸の王様』で芥川賞、『輝ける闇』で毎日出版文化賞、『耳の物語』で日本文学大賞受賞。その他おもな著作に『ベトナム戦記』『オーパ！』など。一九八九年没。

◎「元祖土鶏麺」という名のソバ　『骨の髄までうまい話』新潮社より

古波蔵保好　こはぐらほこう

一九一〇年、沖縄生まれ。エッセイスト、評論家。『沖縄物語』で日本エッセイストクラブ賞受賞。沖縄文化に造詣が深く多くの著作を残した。その他おもな著作に『ステーキの焼き加減』『男の衣装箪笥』『料理沖縄物語』など。二〇〇一年没。

◎トルコ風ラーメン　『馳星周の喰人魂』中央公論新社より

馳星周　はせせいしゅう

一九六五年、北海道生まれ。小説家、評論家。『不夜城』で吉川英治文学新人賞、『鎮魂歌　不夜城Ⅱ』で日本推理作家協会賞、『少年と犬』で直木賞受賞。その他おもな著作に『夜光虫』『M』『約束の地で』『黄金旅程』『月の王』など。

◎あこがれのラーメン　『藤子・F・不二雄大全集　オバケのQ太郎2』小学館より

藤子・F・不二雄　ふじこえふふじお

本名、藤本弘。一九三三年、富山生まれ。一九五一年『天使の玉ちゃん』でデビュー。安孫子素雄氏とふたりで、〝藤子不二雄〟名義の作品を発表。一九八七年にコンビ解消後、〝藤子・F・不二雄〟として児童漫画の新時代を築く。代表作に『ドラえもん』『オバケのQ太郎（共著）』『パーマン』など多数。

藤子不二雄Ⓐ　ふじこふじおえー
本名、安孫子素雄。一九三四年、富山生まれ。一九五一年『天使の玉ちゃん』でデビュー。藤本弘氏とふたりで、〝藤子不二雄〟名義の作品を発表。一九八七年にコンビ解消後、〝藤子不二雄Ⓐ〟として児童漫画からおとな漫画まで幅広く活躍。代表作に『オバケのQ太郎（共著）』『怪物くん』『笑ゥせぇるすまん』『まんが道』など多数。
◎ラーメン煮えたもご存じない　『ラーメン煮えたもご存じない』新潮文庫より

田辺聖子　たなべせいこ
一九二八年、大阪生まれ。小説家。『感傷旅行（センチメンタル・ジャーニィ）』で芥川賞、『ひねくれ一茶』で吉川英治文学賞、『道頓堀の雨に別れて以来なり――川柳作家・岸本水府とその時代』で泉鏡花文学賞、読売文学賞受賞。その他おもな著作に『姥ざかり』『ジョゼと虎と魚たち』など。二〇一九年没。
◎ラーメン時代　『曾野綾子作品集選集11　生命ある限り』光風社出版より

曾野綾子　そのあやこ
一九三一年、東京生まれ。小説家。日本芸術院賞・恩賜賞、菊池寛賞など受賞多数。おもな著作に『遠来の客たち』『木枯しの庭』『天上の青』『哀歌』『神の汚れた手』などの小説のほか、エッセイ『人生の収穫』『「群れない」生き方』『人間の道理』『老いの道楽』『未完の美学』『老いの贅沢』など。

◎仏陀のラーメン　『深夜特急3―インド・ネパール―【増補新版】』新潮文庫より

沢木耕太郎　さわきこうたろう

一九四七年、東京生まれ。ノンフィクションライター、小説家、写真家。『テロルの決算』で大宅壮一ノンフィクション賞、『一瞬の夏』で新田次郎文学賞受賞。その他おもな著作に『深夜特急』シリーズ、『バーボン・ストリート』『流星ひとつ』など。

◎ラーメンに風情はあるのか　『開店休業』プレジデント社より

吉本隆明　よしもとたかあき

一九二四年、東京生まれ。詩人、思想家、批評家。おもな著作に『言語にとって美とはなにか』『共同幻想論』『最後の親鸞』『フランシス子へ』など。二〇一二年没。

◎最近の至福　『やわらかなレタス』文春文庫より

江國香織　えくにかおり

一九六四年、東京生まれ。小説家、翻訳家、詩人。『泳ぐのに、安全でも適切でもありません』で山本周五郎賞、『号泣する準備はできていた』で直木賞、『ヤモリ、カエル、シジミチョウ』で谷崎潤一郎賞受賞。その他おもな著作に『神様のボート』『彼女たちの場合は』『シェニール織とか黄肉のメロンとか』など。

◎ラーメン　『ユーモアの鎖国』ちくま文庫より

石垣りん　いしがきりん

一九二〇年、東京生まれ。詩人。『表札など』でH氏賞受賞。その他おもな詩集に『私の前にある鍋とお釜と燃える火と』『略歴』『やさしい言葉』、散文集に『焰に手をかざして』『夜の太鼓』など。二〇〇四年没。

解説　いつもどこかでラーメンを

三田修平

なんだか気づけばラーメンばかりを食べてしまう。全国には約２４０００軒ものラーメン店が存在し、地域ごとに個性豊かな味わいを提供している。カレーや蕎麦、パンといった他のメジャーな料理と比べても、外食としての店舗数や消費量の多さは際立っており、ラーメンは日本の外食文化の中心に位置していると言える。さらにインスタント麵、カップラーメンという極めて手軽な形でも我々の食卓を支え、日本文化を象徴する料理といったら言い過ぎかもしれないが、日本人の生活に深く根付いた国民食であるのは疑いの余地がない。だからこそ、誰にとっても心に刻まれた一杯がきっとある。

宮沢章夫が語るエピソード「度を越す人」では、一人で来店したラーメン店で複数のラーメンを一度に注文し、店内をざわつかせたという一幕が描かれている。ここに非常に共感した。「今ここでこれを食べなければきっと後悔する」という強い衝動を呼び起こすほどの魅力、いや魔力。ラーメンはしばしば人に〝度を越させて〟しまうのだ。人気の二郎系ラーメンなどはその傾向が顕著だろう。何とも背徳的なヴィジュアルとパンチの強い味付けで毎日どこかで誰かの〝度を越させて〟いる。僕の友人にも、どんなに深酒をしても〆にラーメンを食べなければ気が済まない男がいる。深夜に足取りもおぼつかないままラーメンを求めてさまようその背中を眺めながら、これほど中毒性の高い食べ物も珍しいよなと考えるのだ。

かくいう僕もラーメンに魅入られた一人だ。自身が暮らす横浜市の若葉台団地の商店街で小さな本屋「BOOK STAND 若葉台」を営みながら、トラックに本を積んで全国を巡る移動式本屋「BOOK TRUCK」としても活動しており、後者は10年以上続けているライフワークといえる。それゆえ、さまざまな地域に出張することになるのだが、そこでは当然のようにその土地のラーメンを食べている。総務省の家計調査でラーメン外食費が日本一高い山形市に出店した際、朝ラーメンという文化に初めて触れた。早朝からでも問題なくラーメンを楽しめると分かったのは発見だった。北海道では4日間の滞在中、全ての晩ご飯に異なる店の味噌ラーメンを堪能したし、名古屋ではコロナ禍の影響で閉店時間が早まっていた名店「味仙」の台湾ラーメンを食べるべく、片付けも早々に切り上げて店へ急いだこともある。何が怖いって、こんなにもラーメンを求めているのに、自分のことをラーメン好きだと認識していない点だ。ラーメンが好きだから食べるのではなく、特に意識することもなく食べてしまう。こんな恐ろしいことがあるだろうか。

　ラーメンには、理屈では語り尽くせない力がある。味や香り、ボリュームといった要素を超えて、気づけば心と体を引き寄せてしまう不思議な存在感。なぜこんなにも人を惹きつけるのか、その答えはわからない。でも、だからこそ私たちはまたその魔力に誘われ、次の一杯へと手を伸ばしてしまうのだ。

（BOOK STAND 若葉台店主）

本書は、二〇一四年六月に小社より単行本で刊行された『ずるずる、ラーメン』を改題、再構成しました。
選者　杉田淳子、武藤正人（go passion）

◉編集部より

本書は、著者による改稿とルビを除き、底本に忠実に収録しております。収録作品のなかには、一部に今日の社会的規範に照らせば差別的表現あるいは差別的表現ととらえられかねない箇所が見られますが、作品全体として差別を助長するようなものではないこと、著者が故人であるため改稿ができないことから、原文のままとしました。

ふうふう、ラーメン

おいしい文藝《ぶんげい》

二〇二五年 二 月一〇日 初版印刷
二〇二五年 二 月二〇日 初版発行

著 者 牧野《まきの》伊《い》三《さ》夫《お》／あさのあつこほか
発行者 小野寺優
発行所 株式会社河出書房新社
〒一六二－八五四四
東京都新宿区東五軒町二－一三
電話〇三－三四〇四－八六一一（編集）
〇三－三四〇四－一二〇一（営業）
https://www.kawade.co.jp/

ロゴ・表紙デザイン 粟津潔
本文フォーマット 佐々木暁
本文組版 KAWADE DTP WORKS
印刷・製本 中央精版印刷株式会社

Printed in Japan ISBN978-4-309-42169-8

こぽこぽ、珈琲

湊かなえ／星野博美 他　41917-6

人気シリーズ「おいしい文藝」文庫化開始！　珠玉の珈琲エッセイ31篇を収録。珈琲を傍らに読む贅沢な時間。豊かな香りと珈琲を淹れる音まで感じられるひとときをお愉しみください。

ぱっちり、朝ごはん

小林聡美／森下典子 他　41942-8

ご飯とお味噌汁、納豆で和食派？　それともパンとコーヒー、ミルクティーで洋食派？　たまにはパンケーキ、台湾ふうに豆乳もいいな。朝ごはん大好きな35人の、とっておきエッセイアンソロジー。

こんがり、パン

津村記久子／穂村弘 他　41982-4

パリッ。さっくり。ふわふわ。じゅわぁ。シンプルなのも、甘いのも、しょっぱいおかずパンもバラエティ豊かなパンはいつもあなたのそばにある！　今日はどれにしようかな。パン好き必読のおいしい40篇。

ぐつぐつ、お鍋

安野モヨコ／岸本佐知子 他　42022-6

寒くなってきたら、なんといっても鍋！　ひとりでもよし、大勢でもよし。具材や味付けもお好きなように！　身も心もあったまる、バラエティ無限大のエッセイ37篇。

ぷくぷく、お肉

角田光代／阿川佐和子 他　41967-1

すき焼き、ステーキ、焼肉、とんかつ、焼き鳥、マンモス!?　古今の作家たちが「肉」について筆をふるう料理エッセイアンソロジー。読めば必ず満腹感が味わえる選りすぐりの32篇。

温泉ごはん

山崎まゆみ　41954-1

いい温泉にはおいしいモノあり。1000か所以上の温泉を訪ねた著者が名湯湧く地で味わった絶品料理や名物の数々と、出会った人々との温かな交流を綴った、ぬくぬくエッセイ。読めば温泉に行きたくなる！